TRANZLATY

Sprache ist für alle da

Taal is vir almal

Die Verwandlung
Die Metamorfose

Franz Kafka

Deutsch
Afrikaans

www.tranzlaty.com

Teil Eins

Gregor Samsa erwachte eines Morgens aus unruhigen Träumen.

Gregor Samsa het eendagoggend uit onrustige drome wakker geword.

Er befand sich in seinem Bett, konnte sich aber nicht bewegen.

Hy het homself in sy bed bevind, maar nie in staat om te beweeg nie.

Er war in ein monströses Ungeziefer verwandelt worden.

Hy was in 'n monsteragtige ongedierte omskep.

Er lag auf dem Rücken, der sich hart wie eine Rüstung anfühlte.

Hy het op sy rug gelê, wat so hard soos 'n wapenrusting was.

Indem er den Kopf ein wenig hob, konnte er seinen Bauch sehen.

Deur sy kop effens op te lig, kon hy sy maag sien.

Sein Bauch aber war gewölbt und in Segmente unterteilt.

Maar sy maag was koepelvormig en in segmente verdeel.

Die Decke lag auf seinem runden Bauch.

Die kombers het bo-op sy ronde maag gerus.

Die Decke war jedoch kurz davor, ganz herunterzurutschen.

Maar die kombers was amper daar om heeltemal af te gly.

Seine Beine wirkten im Vergleich zu ihrer üblichen Größe jämmerlich.

Sy bene was pateties in vergelyking met hul gewone grootte.

Und seine vielen Beine flackerten hilflos vor seinen Augen.

En sy baie bene het hulpeloos voor sy oë geflikker.

„Was ist nur mit mir geschehen?", dachte er bei sich.

"Wat het met my gebeur?" het hy by homself gedink.

Aber es war kein Traum, aus dem er nicht erwachen konnte.

Maar dit was nie 'n droom waaruit hy nie kon wakker word nie.

Es war tatsächlich sein eigenes Zimmer, in dem er sich wiederfand.

Dit was regtig sy eie kamer waarin hy homself bevind het.

Ein richtiges Zimmer für Menschen, aber leider etwas zu klein.

'n Regte kamer vir mense, maar net 'n bietjie te klein.

Er lag still zwischen den vier bekannten Mauern.

Hy het stil tussen die vier bekende mure gelê.

Auf dem Tisch befand sich eine Sammlung von Textilmustern.

Op die tafel was 'n versameling tekstielmonsters.

Samsa war Handelsreisender, daher die Muster.

Samsa was 'n reisende verkoopsman, vandaar die monsters.

Über den auseinandergenommenen Textilproben hing ein Bild.

Bo die uitmekaar gehaalde tekstielmonsters was 'n prentjie.

Er hatte das Bild erst vor Kurzem aus einer Zeitschrift ausgeschnitten.

Hy het onlangs die prentjie uit 'n tydskrif gesny.

Er hatte das Bild in einen hübschen, vergoldeten Rahmen gefasst.

Hy het die prentjie in 'n mooi, vergulde raam geplaas.

Das gerahmte Bild zeigte eine aufrecht sitzende Dame.

Die geraamde prentjie het 'n dame uitgebeeld wat regop sit.

Sie trug eine Pelzmütze und hatte einen Pelzmuff.

Sy het 'n pelshoed gedra en 'n pelsmof gehad.

Sie hob ihre Hand in Richtung des Betrachters des Bildes.

Sy het haar hand na die kyker van die prent opgesteek.

Ihr ganzer Unterarm verschwand in ihrem schweren Pelzmuff.

Haar hele voorarm het in haar swaar pelsmof verdwyn.

Gregor blickte aus dem Fenster auf das trübe Wetter.

Gregor het deur die venster na die dowwe weer gekyk.

Man konnte hören, wie schwere Regentropfen gegen das Fenster prasselten.

'n Mens kon swaar reëndruppels hoor wat teen die venster tref.

Das graue Wetter stimmte ihn sehr melancholisch.

Die grys weer het hom baie melancholies laat voel.

„Wie wäre es, wenn ich noch ein bisschen länger schlafe?", dachte er.

"Wat van ek slaap bietjie langer?" het hy gedink.

"Mehr Schlaf könnte mir helfen, diesen Unsinn zu vergessen."

"Meer slaap kan my dalk help om hierdie onsin te vergeet."

Länger zu schlafen war jedoch völlig unmöglich.

Maar om langer te slaap was heeltemal onmoontlik.

Weil er es gewohnt war, auf seiner rechten Seite zu schlafen.

Omdat hy gewoond was daaraan om op sy regtersy te slaap.

Sein aktueller Zustand schränkte jedoch seine üblichen Bewegungsfreiheiten ein.

Maar sy huidige toestand het sy gewone bewegings verhoed.

Er hatte keine Möglichkeit, in diese Lage zu gelangen.

Hy het geen manier gehad om homself in hierdie posisie te kry nie.

Er versuchte sein Bestes, sich auf die rechte Seite zu werfen.

Hy het sy bes probeer om homself op sy regterkant te gooi.

Er hat diese Bewegung wahrscheinlich hundertmal versucht.

Hy het hierdie beweging waarskynlik 'n honderd keer probeer.

Aber er kippte immer wieder in die Rückenlage zurück.

Maar hy het altyd terug in die rugliggende posisie gewieg.

Er schloss die Augen, um seine unruhigen Beine nicht sehen zu müssen.

Hy het sy oë toegemaak om nie sy frommelende bene te sien nie.

Am Ende hinderten ihn seine Schmerzen daran, es noch einmal zu versuchen.

Uiteindelik het sy pyn hom gekeer om weer te probeer.

Ein dumpfer Schmerz in der Seite, den er noch nie zuvor gespürt hatte.

'n Dowwe pyn in sy sy wat hy nog nooit tevore gevoel het nie.

„Oh Gott", dachte Gregor Samsa verzweifelt bei sich.

"O God," het Gregor Samsa desperaat by homself gedink.

"Was für einen anstrengenden Beruf ich mir da doch ausgesucht habe!"

"Wat 'n strawwe beroep het ek vir myself gekies!"
„Ich muss beruflich Tag für Tag reisen.“
"Dag in, dag uit, moet ek rondreis vir werk."
„Büroarbeit ist viel einfacher als die Arbeit unterwegs.“
"Kantoorwerk is baie makliker as om op die pad te werk."
„Und ich habe den Fluch, ständig reisen zu müssen.“
"En ek het die vloek om rond te moet reis."
„Die ganze Sorge, die Züge nicht rechtzeitig zu verpassen.“
"Al die bekommernisse oor betyds wees vir die treine."
„Meine Mahlzeiten sind unregelmäßig und das Essen ist schlecht.“
"My etenstye is onreëlmatig, en die kos is sleg."
„Meine Freunde wechseln ständig, je nachdem, wo ich hinziehe.“
"My vriende verander gedurig van dorp tot dorp."
„Meine Interaktionen sind kühl und professionell.“
"Die interaksies wat ek het, is koud en professioneel."
„Sollen sich doch die Teufel mit solchen Arbeiten vergnügen!“
"Laat die Duiwel homself met hierdie soort werk vermaak!"
Er verspürte ein leichtes Jucken im oberen Bereich seines Bauches.
Hy het 'n effense jeuk bo-op sy maag gevoel.
Er stemmte sich mit dem Rücken gegen den Bettpfosten.
Hy het homself teen die bedpaal gedruk, met sy rug.
Er wollte seinen Kopf besser heben können.
Hy wou sy kop beter kon oplig.
Er fand die juckende Stelle, die ihn plagte.
Hy het die jeukerige plek gevind wat hom gepla het.
Sein Kopf schien mit kleinen weißen Punkten bedeckt zu sein.
Sy kop het gelyk asof dit met klein wit kolletjies bedek was.
Was diese kleinen weißen Punkte waren, konnte er nicht sagen.
Wat hierdie klein wit kolletjies was, kon hy nie sê nie.
Er hatte geplant, die Stelle mit einem seiner Beine zu berühren.

Hy het beplan om die plek met een van sy bene aan te raak.

Doch als er die Stelle berührte, verspürte er ein seltsames Frösteln.

Maar toe hy die plek aanraak, het hy 'n vreemde koue rilling gevoel.

Daraufhin zog er sein Bein sofort von der Stelle weg.

So het hy dadelik sy been van die plek af weggetrek.

Ihm blieb nichts anderes übrig, als das Jucken zu ertragen.

Hy het geen ander keuse gehad as om die jeukerige gevoel te aanvaar nie.

Und er kehrte in seine vorherige Position im Bett zurück.

En hy het teruggekeer na sy vorige posisie in die bed.

„Wer so früh aufwacht, wird echt ziemlich dumm."

"Om so vroeg wakker te word, maak mens regtig dom."

„Ein Mann braucht genug Schlaf", dachte er sich.

"'n Man moet genoeg slaap kry," het hy by homself gedink.

„Die anderen Handelsreisenden leben in Luxus."

"Die ander reisende verkopers leef 'n lewe van luuksheid."

„Morgens übermittle ich die erhaltenen Bestellungen."

"In die oggend dra ek die bestellings wat ek ontvang het, oor."

„Währenddessen frühstücken die Herren noch."

"Intussen eet daardie here nog ontbyt."

„Stellen Sie sich nur vor, ich würde das bei meinem Chef versuchen."

"Dink net as ek dit met my baas probeer doen het."

„Er würde mich feuern, bevor ich mit dem Frühstück fertig bin."

"Hy sou my afdank voordat ek my ontbyt klaargemaak het."

„Aber vielleicht wäre das auch nicht das Schlimmste."

"Maar miskien sou dit ook nie die ergste ding wees nie."

„Das Problem ist, dass meine Eltern mich zurückhalten."

"Die probleem is dat my ouers my terughou."

„Ohne sie hätte ich schon längst gekündigt."

"As dit nie vir hulle was nie, sou ek reeds bedank het."

„Ich hätte mich dem Chef entgegengestellt und es ihm gesagt."

"Ek sou voor die baas opgestaan en hom vertel het."

„Ich würde genau sagen, was ich von ihm und der Stelle
halte."
"Ek sou presies sê wat ek van hom en die werk dink."
„Er würde vom Schreibtisch fallen, wenn ich ihm alles
erzählen würde!"
"Hy sal van sy lessenaar afval as ek hom alles vertel!"
„Es ist sehr seltsam, wie er an seinem Schreibtisch sitzt."
"Dit is baie vreemd hoe hy op sy lessenaar sit."
„Seine Art, mit seinen Untergebenen zu sprechen, ist nicht
in Ordnung."
"Die manier waarop hy met sy ondergeskiktes praat, is nie reg
nie."
„Und das Schlimmste ist, dass sein Gehör so schlecht ist."
"En die ergste is dat sy gehoor so swak is."
„Sie haben also keine andere Wahl, als ganz nah bei ihm zu
sitzen."
"So jy het geen ander keuse as om baie naby aan hom te sit
nie."
„Aber trotz allem ist die Hoffnung noch nicht völlig
verloren."
"Maar met dit gesê, is hoop nog nie heeltemal verlore nie."
„Ich werde das Geld sparen, um die Schulden meiner Eltern
zu begleichen."
"Ek sal die geld spaar om my ouers se skuld af te betaal."
„Ich kann nichts tun, solange sie ihm noch Geld schulden."
"Ek kan niks doen terwyl hulle hom nog geld skuld nie."
„Aber wenn die Schulden beglichen sind, werde ich es auf
jeden Fall tun."
"Maar wanneer die skuld betaal is, sal ek dit beslis doen."
„Es wird wahrscheinlich noch fünf bis sechs Jahre dauern."
"Dit sal waarskynlik nog vyf tot ses jaar duur."
"Ja, dann wird die große Trennung definitiv erfolgen."
"Ja, dan sal die groot skeiding definitief gemaak word."
„Fürs Erste muss ich jedoch aufstehen."
"Vir eers moet ek egter uit die bed klim."
„Weil mein Zug um fünf Uhr abfährt."
"Want my trein gaan om vyfuur vertrek."

Gregor blickte auf den tickenden Wecker auf dem Tisch.

Gregor het na die wekker wat op die tafel tik, gekyk.

"Himmlischer Vater!", dachte er, als er die Uhrzeit sah.

"Hemelse Vader!" het hy gedink toe hy die tyd sien.

Halb sieben war schon still und leise vergangen.

Halfsewe was reeds stilweg verby.

Und die Zeiger der Uhr bewegten sich immer weiter vorwärts.

En die horlosie se wysers het aanhou om hulself vorentoe te beweeg.

Es war nun fast Viertel vor sieben.

En nou het die tyd kwart voor sewe nader gekom.

"Vielleicht hat der Wecker nicht geklingelt, um mich zu wecken?", dachte er.

"Miskien het die alarm nie gelui om my wakker te maak nie?" het hy gedink.

Von seinem Bett aus inspizierte Gregor den Wecker.

Vanuit sy bed het Gregor die wekker geïnspekteer.

Der Wecker war korrekt auf vier Uhr eingestellt.

Die wekker was korrek gestel vir vieruur.

Er konnte es sich nicht erklären, aber der Alarm musste losgegangen sein.

Hy kon dit nie verduidelik nie, maar die alarm moes gelui het.

"Wie konnte ich den Wecker verschlafen, ohne es zu merken?"

"Hoe het ek deur die alarm geslaap sonder om te weet?"

Wenn der Alarm losgeht, wackeln sogar die Möbel.

Wanneer dit lui, skud die alarm selfs die meubels.

Er wusste, dass sein Schlaf alles andere als ruhig gewesen war.

Hy het geweet dat sy slaap glad nie vreedsaam was nie.

Aber vielleicht war das der Grund, warum sein Schlaf so viel tiefer war.

Maar miskien juis daarom was sy slaap baie dieper.

Er musste darüber nachdenken, was er nun tun sollte.

Hy moes dink oor wat hy nou moes doen.

Der nächste Zug fuhr erst um sieben Uhr ab.

Die volgende trein het eers om sewe-uur vertrek.

Diesen Zug zu erreichen, wäre nahezu unmöglich.

Om daardie trein te haal sou amper onmoontlik wees.

Und die benötigten Textilien hatte er noch nicht eingepackt.

En hy het nog nie die tekstiele gepak wat hy nodig gehad het nie.

Er fühlte sich auch nicht besonders frisch und agil.

Hy het ook nie besonder vars en rats gevoel nie.

Vielleicht bestand die Möglichkeit, in den Zug einzusteigen.

Miskien was daar 'n kans om op die trein te klim.

Doch ein Tadel vom Chef war so oder so unvermeidlich.

Maar 'n berisping van die baas was in elk geval onvermydelik.

Der Angestellte wäre in den Fünf-Uhr-Zug eingestiegen.

Die klerk sou op die vyfuur-trein geklim het.

Der Büroangestellte war ein willensschwaches Werkzeug des Chefs.

Die kantoorklerk was 'n ruggraatlose skepsel van die baas s'n.

Gregors Abwesenheit wäre also bereits gemeldet worden.

So Gregor se afwesigheid sou reeds aangemeld gewees het.

„Was wäre, wenn ich mich krankmelde?", überlegte Gregor.

"Wat as ek siek meld?" het Gregor gewonder.

Das wäre aber äußerst peinlich und verdächtig.

Maar dit sou uiters verleentheid en verdag wees.

Gregor war in der gesamten Zeit, die er dort arbeitete, nie krank gewesen.

Gregor was nog nooit siek in die tyd wat hy daar gewerk het nie.

Und er hatte ihnen bereits fünf Jahre Dienst geleistet.

En hy het hulle reeds vyf jaar diens gegee.

Die Chancen standen gut, dass der Chef vorbeikommen würde, um nach ihm zu sehen.

Die kanse was goed dat die baas sou kom om hom te ondersoek.

Er würde wahrscheinlich den Arzt der Krankenversicherung mitbringen.

Hy sou waarskynlik die gesondheidsversekeringsdokter saambring.

Und er würde die Eltern für ihren faulen Sohn verantwortlich machen.

En hy sou die ouers blameer vir hul lui seun.

Sie könnten gegen ihn keine Einwände erheben.

Hulle sou geen beswaar teen hom kon maak nie.

Denn für ihn gab es nur zwei Arten von Arbeitern.

Want vir hom was daar net twee soorte werkers.

Entweder waren die Arbeiter kerngesund oder arbeitsscheu.

Óf werkers was heeltemal gesond, óf werksku.

Und läge er mit dieser grundlegenden Analyse überhaupt falsch?

En sou hy selfs verkeerd wees in daardie basiese analise?

In diesem Fall hatte er sicherlich ein starkes Argument.

Sekerlik, in hierdie geval het hy 'n sterk argument gehad.

Trotz seines Aussehens fühlte sich Gregor tatsächlich recht wohl.

Ten spyte van sy voorkoms het Gregor eintlik heel goed gevoel.

Der unnötig lange Schlaf hatte ihn etwas schläfrig gemacht.

Die onnodige lang slaap het hom 'n bietjie lomerig gemaak.

Abgesehen davon konnte er sich aber über keine Krankheit beklagen.

Maar afgesien daarvan kon hy nie oor siekte kla nie.

Er verspürte sogar einen besonders starken und gesunden Hunger.

Hy het selfs 'n besonder sterk en gesonde honger gevoel.

Während er diesen Gedanken nachging, schlug die Uhr erneut.

Terwyl hy aan hierdie gedagtes gedink het, het die klok weer geslaan.

Laut Alarm war es jetzt Viertel vor sieben.

Volgens die alarm was dit nou kwart voor sewe.

Und nun klopfte es auch leise an der Tür.

En nou was daar ook 'n sagte klop aan die deur.

„Gregor", rief ihm jemand zu – es war die Mutter.

"Gregor," het iemand na hom geroep – dit was die moeder.

„Es ist Viertel vor sieben", bestätigte sie den Alarm.

"Dis kwart voor sewe," het sy die alarm bevestig.

"Wolltest du nicht gehen?", fragte die sanfte Stimme.

"Wou jy nie weggaan nie?" het die sagte stem gevra.

Gregor erschrak, als er seine eigene Stimme antworten hörte.

Gregor was bang toe hy sy stem hoor antwoord.

Es war immer noch dieselbe Stimme, die er schon immer hatte.

Die stem was steeds die stem wat hy nog altyd gehad het.

Doch nun mischte sich ein neuer Klang in seine Stimme.

Maar daar was nou 'n nuwe klank in sy stem gemeng.

Tief aus seinem Inneren entfuhr ihm auch ein schmerzhafter Schrei.

Uit diep binne hom het ook 'n pynlike piep gekom.

Zunächst schien seine Stimme die Worte klar zu formen.

Aanvanklik het dit gelyk of sy stem woorde met helderheid vorm.

Doch dann hörte Gregor das Echo seiner Stimme in seinem Kopf.

Maar toe hoor Gregor die geestelike eggo van sy stem.

Die Aufnahme seiner Stimme ist auf seltsame Weise zerbrochen.

Die opname van sy stem het op 'n vreemde manier gebreek.

Und er war sich nicht sicher, ob er richtig gehört hatte.

En hy was nie seker of hy dinge reg gehoor het nie.

Gregor verspürte den starken Wunsch, eine ausführliche Antwort zu geben.

Gregor het 'n diep begeerte gevoel om 'n gedetailleerde antwoord te gee.

Er wollte seiner Mutter alles genau erklären.

Hy wou alles duidelik aan sy ma verduidelik.

Doch angesichts der Umstände musste er sich einschränken.

Maar, gegewe die omstandighede, moes hy homself beperk.

Und er antwortete viel kürzer, als er es gern getan hätte.

En hy het baie korter geantwoord as wat hy sou wou hê.

"Ja, Mutter, keine Sorge, danke, ich bin schon wach."

"Ja Ma, moenie bekommerd wees nie, dankie, ek is reeds op."

Die Holztür trug vermutlich dazu bei, seine Stimme zu dämpfen.

Die houtdeur het waarskynlik gehelp om sy stem te demp.

Draußen blieb die Veränderung in Gregors Stimme unbemerkt.

Buite het die verandering in Gregor se stem ongemerk gebly.

Die Mutter schien mit seiner Erklärung zufrieden zu sein.

Die moeder het tevrede gelyk met sy verduideliking.

Und sie ging genauso leise wieder, wie sie gekommen war.

En sy het weer net so stil vertrek soos sy gekom het.

Doch das kurze Gespräch hatte eine unerwünschte Folge.

Maar die kort gesprek het 'n ongewenste uitwerking gehad.

Er erregte die Aufmerksamkeit der anderen Familienmitglieder.

Hy het die aandag van die ander familielede getrek.

Gregor war noch zu Hause und nicht zur Arbeit gegangen.

Gregor was nog steeds by die huis en het nie werk toe gegaan nie.

Und nun klopfte auch der Vater an die Seitentür.

En nou het die pa ook aan die sydeur geklop.

Er klopfte schwach, aber entschlossen mit der Faust.

Hy het swak, maar vasberade, met sy vuis geklop.

„Gregor, Gregor", rief er, „was ist das Problem?"

"Gregor, Gregor," het hy geroep, "wat is die probleem?"

Nach einer Weile warnte er erneut, diesmal mit tieferer Stimme.

Na 'n rukkie het hy weer met 'n dieper stem gewaarsku.

Doch nun klopfte die Schwester an die andere Tür.

Maar aan die ander kant van die deur het die suster nou geklop.

"Gregor? Geht es dir nicht gut?", fragte sie leise.

"Gregor? Gaan dit nie goed met jou nie?" het sy stil gevra.

„Brauchen Sie irgendetwas?", fragte sie besorgt.

"Is daar enigiets wat jy nodig het?" het sy bekommerd gevra.

Gregor antwortete beiden Seiten: „Ich bin schon fertig."

Gregor het beide kante geantwoord: "Ek is reeds klaar."

Er hatte sich größte Mühe gegeben, alle Wörter sorgfältig auszusprechen.

Hy het sy bes gedoen om al die woorde versigtig uit te spreek.

Und er entfernte alles Auffällige aus seiner Stimme.

En hy het alles opvallend in sy stem verwyder.

Auch der Vater schien mit der Antwort zufrieden zu sein.

Die pa het ook tevrede gelyk met die antwoord.

Und er kehrte zu seinem unvollendeten Frühstück zurück.

En hy het teruggekeer na sy onvoltooide ontbyt.

Doch die Schwester flüsterte: „Gregor, mach auf, ich flehe dich an.“

Maar die suster het gefluister: "Gregor, maak oop, ek smeek jou."

Doch ihre Sorge um ihn konnte ihn in keiner Weise bewegen.

Maar haar besorgdheid oor hom kon hom geensins beweeg nie.

Gregor hatte nicht die Absicht, ihr die Tür zu öffnen.

Gregor het geen voorneme gehad om die deur vir haar oop te maak nie.

Durch seine Reisen hatte er sich einige vorsichtige Gewohnheiten angeeignet.

Hy het deur reis 'n paar versigtige gewoontes aangeleer.

Und er lobte sich selbst dafür, die Türen abgeschlossen zu haben.

En hy het homself geprys omdat hy die deure gesluit het.

Zunächst wollte er in Ruhe und in seinem eigenen Tempo aufstehen.

Eers wou hy stilweg in sy eie tyd opstaan.

Und er wollte sich ungestört anziehen.

En, sonder om gesteur te word, wou hy aantrek.

Nachdem er das geschafft hatte, wollte er frühstücken.

Met dit bereik, wou hy toe ontbyt eet.

Erst dann wollte er die Situation weiter überdenken.

Eers toe wou hy die situasie verder oorweeg.

Er wusste, dass es sinnlos war, im Bett Pläne zu schmieden.

Hy het geweet dit help nie om planne in die bed te maak nie.

Zu einem vernünftigen Schluss zu gelangen, wäre unmöglich.
Om tot 'n sinvolle gevolgtrekking te kom, sou onmoontlik wees.
Es gab schon andere Male, da war er mit leichten Schmerzen aufgewacht.
Daar was ander kere wat hy met ligte pyne wakker geword het.
Diese Schmerzen erwiesen sich stets als reine Einbildung.
Hierdie pyne het altyd suiwer verbeelding geblyk te wees.
Beim Aufstehen verschwanden die Schmerzen ausnahmslos.
Toe ek uit die bed klim, verdwyn die pyn altyd.
Er war neugierig, was mit diesen Ideen geschehen würde.
Hy was nuuskierig om te sien wat met hierdie idees sou gebeur.
Die Veränderung seiner Stimme war wahrscheinlich nur auf eine Erkältung zurückzuführen.
Die verandering in sy stem was waarskynlik net van 'n verkoue.
Erkältungen sind für Reisende einfach ein Berufsrisiko.
Verkoudhede is net 'n beroepsgevaar vir reisigers.
Er hatte keinen Zweifel daran, dass dies die logische Erklärung war.
Hy het geen twyfel gehad dat dit die logiese verduideliking was nie.
Es gelang ihm mühelos, die Decke von sich zu streifen.
Dit was maklik om die kombers van homself af te kry.
Er musste nur einatmen und sich aufblasen.
Al wat hy moes doen was om inasem te neem en homself op te blaas.
Die Decke rutschte von seinem Körper und landete auf dem Boden.
Die kombers het van sy lyf af gegly en op die vloer neergegly.
Sein unglaublich breiter Körperbau erschwerte auch andere Dinge.
Sy ongelooflik breë lyf het ander dinge moeilik gemaak.
Er hätte Arme und Hände gebraucht, um aufzustehen.

Hy sou arms en hande nodig gehad het om op te staan.

Aber er hatte nicht mehr die Gliedmaßen, die er früher gehabt hatte.

Maar hy het nie die ledemate gehad wat hy vroeër gehad het nie.

Anstelle von Armen und Händen hatte er viele kleine Beine.

In plaas van arms en hande het hy baie klein beentjies gehad.

Und seine Beine bewegten sich ständig, ohne dass er es kontrollieren konnte.

En sy bene het aanhoudend beweeg, sonder sy beheer.

Er versuchte, ein Bein zu beugen, aber stattdessen streckte es sich.

Hy het probeer om een been te buig, maar in plaas daarvan het dit gestrek.

Schließlich gelang es ihm, ein Bein unter seine Kontrolle zu bringen.

Hy het uiteindelik daarin geslaag om een been onder beheer te kry.

Doch dann wurde die Bewegung der anderen Beine freigegeben.

Maar toe is die beweging van die ander bene vrygestel.

Und seine Beine zuckten vor lauter Aufregung.

En al sy bene het gebewe van uiterste opgewondenheid.

Zuerst wollte er seinen Unterkörper aus dem Bett bekommen.

Eers wou hy sy onderlyf uit die bed kry.

Seinen Unterkörper hatte er aber noch nicht gesehen.

Maar hy het nog nie eintlik sy onderlyf gesien nie.

Und es erwies sich ohnehin als zu schwierig, diesen Teil zu versetzen.

En dit was in elk geval te moeilik om hierdie deel te skuif.

Schließlich wagte er mit all seiner Kraft einen waghalsigen Schritt.

Uiteindelik, met al sy krag, het hy een wilde skuif gemaak.

Ohne weiter zu zögern, trat er vorwärts.

Sonder verdere aarseling het hy vorentoe beweeg.

Doch er hatte die falsche Richtung eingeschlagen.

Maar hy het die verkeerde rigting gekies om in te beweeg.

Er schlug mit voller Wucht mit dem Körper gegen den unteren Bettpfosten.

Hy het sy liggaam hewig teen die onderste bedpaal geslaan.

Der brennende Schmerz, den er empfand, lehrte ihn eine wertvolle Lektion.

Die brandende pyn wat hy gevoel het, het hom 'n waardevolle les geleer.

Sein Unterkörper war vielleicht empfindlicher.

Die onderste deel van sy lyf was dalk meer sensitief.

Also versuchte er zuerst, seinen Oberkörper aus dem Bett zu bekommen.

So het hy probeer om eers sy bolyf uit die bed te kry.

Er drehte seinen Kopf vorsichtig in die richtige Richtung.

Hy het sy kop versigtig in die regte rigting gedraai.

Und schon bald lag sein Kopf am Bettrand.

En gou was sy kop teen die rand van die bed.

Diese vorsichtige Vorgehensweise fiel ihm tatsächlich leicht.

Hierdie versigtige beweging was eintlik maklik vir hom.

Und weder seine Breite noch sein Gewicht hinderten ihn an seinen Bewegungen.

En sy breedte en gewig het nie sy beweging gestuit nie.

Die Masse seines Körpers folgte langsam der Drehung des Kopfes.

Sy liggaam se massa het stadig die draai van sy kop gevolg.

Doch dann streckte er den Kopf über die Bettkante.

Maar toe hou hy sy kop oor die rand van die bed.

Und er sah sich einer neuen Angst gegenüber, über die er noch nicht nachgedacht hatte.

En hy het 'n nuwe vrees in die gesig gestaar waaraan hy nog nie gedink het nie.

Ein weiteres Vorgehen in dieser Richtung könnte gefährlich sein.

Om verder op hierdie manier te vorder, kan gevaarlik wees.

Er hatte gedacht, er würde sich einfach fallen lassen.

Hy het gedink hy gaan homself net laat val.

Es wäre aber ein Wunder, wenn er sich dabei nicht am Kopf verletzen würde.

Maar dit sou 'n wonderwerk wees as hy nie sy kop beseer het nie.

Jetzt war nicht der richtige Zeitpunkt, um ein Bewusstseinsverlustrisiko einzugehen.

Nou was nie die tyd om die risiko te loop om bewussyn te verloor nie.

Vielleicht wäre es doch besser, im Bett zu bleiben.

Miskien sou dit beter wees om uiteindelik in die bed te bly.

Doch dann musste er denselben Aufwand betreiben, um zurückzukehren.

Maar toe moes hy dieselfde poging aanwend om terug te kom.

Nach all der Mühe lag er da, genau wie zuvor.

Na al daardie moeite het hy daar gelê net soos voorheen.

Und nun schienen seine Beine noch wütender zu sein als zuvor.

En nou het sy bene selfs kwaaier gelyk as wat hulle was.

Die Bewegungen seiner Beine waren noch unkontrollierbarer geworden.

Sy been se bewegings het selfs meer onbeheerbaar geword.

Er sah keinen Ausweg aus seiner Situation.

Hy het geen manier gesien om uit die situasie waarin hy was, te kom nie.

Aus diesem Chaos konnte kein Frieden und keine Ordnung hergestellt werden.

Vrede en orde kon nie uit hierdie chaos gebring word nie.

Aber er wusste, dass auch im Bett zu bleiben keine Option war.

Maar hy het geweet om in die bed te bly was ook nie 'n opsie nie.

Alles zu opfern war die vernünftigste Option.

Om alles op te offer was die verstandigste opsie.

Er klammerte sich an den kleinsten Hoffnungsschimmer, jemals wieder aufstehen zu können.

Hy het vasgehou aan die geringste hoop om uit die bed te kom.

Wenn ihm das gelingt, hat sich das ganze Risiko gelohnt.
As hy dit reggekry het, sou alle risiko die moeite werd gewees het.
Doch gleichzeitig erinnerte er sich auch an etwas anderes.
Maar hy het terselfdertyd ook iets anders onthou.
„Besser als verzweifelte Entscheidungen sind ruhige Überlegungen."
"Beter as desperate besluite is kalm besinning."
Mit aller Kraft konzentrierte er seinen Blick auf das Fenster.
Met al sy moeite het hy sy oë op die venster gefokus.
Doch was er sah, stimmte ihn wenig zuversichtlich und erfreute ihn nicht.
Maar wat hy gesien het, het min vertroue en vrolikheid gebring.
Der Morgennebel hüllte die gesamte enge Straße ein.
Die oggendmis het die hele nou straat bedek.
Der Wecker klingelte erneut; es war nun sieben Uhr.
Die wekker het weer gelui; nou was dit sewe-uur.
„Es ist bereits sieben Uhr und es ist immer noch so neblig."
"Dit is al sewe-uur en daar is nog steeds so 'n mis."
Eine Zeitlang lag er still da und atmete nur schwach.
Vir 'n rukkie het hy stil gelê en net swak asemgehaal.
Vielleicht würde etwas Ruhe eine gewisse Normalität herbeiführen.
Miskien sal 'n bietjie stilte 'n mate van normaliteit bring.
Völliges Schweigen könnte die wahren Zustände herbeiführen.
Volslae stilte kan die werklike toestande teweegbring.
Doch bevor die Uhr erneut schlug, durchbrach er das Schweigen.
Maar voordat die klok weer geslaan het, het hy die stilte verbreek.
Bevor die Uhr wieder schlägt, muss ich aus dem Bett sein.
"Voordat die klok weer slaan, moet ek uit die bed wees."
„Ich muss bis dahin unbedingt komplett aus dem Bett sein."
"Ek moet absoluut heeltemal uit die bed wees teen daardie tyd."

„Nach Viertel nach sieben schickt das Büro jemanden."

"Ná kwart oor agt sal die kantoor iemand stuur."

„Weil das Büro vor sieben Uhr öffnete."

"Omdat die kantoor voor sewe-uur oopgemaak het."

Und nun begann er, seinen Körper aus dem Bett zu schaukeln.

En hy het nou sy lyf uit die bed begin wieg.

Er hatte aufgehört, sich auf seinen Ober- oder Unterkörper zu konzentrieren.

Hy het opgehou om op sy bo- of onderlyf te fokus.

Sein ganzer Körper musste aus dem Bett herausragen.

Die hele lengte van sy liggaam moes die bed verlaat.

Bei einem Sturz in diese Richtung sollte sein Kopf geschützt sein, dachte er.

Om so te val behoort sy kop te beskerm, het hy gedink.

Er hatte geplant, den Kopf zu heben, sobald er auf dem Boden aufschlug.

Hy het beplan om sy kop op te lig toe hy die grond tref.

Sein Rücken schien hart genug für den Aufprall zu sein.

Die agterkant van sy lyf het hard genoeg gelyk vir die impak.

Und der Teppich diente dazu, die Landung abzufedern.

En die mat was daar om die landing te versag.

Seine größte Sorge galt jedoch dem Lärm.

Sy grootste bekommernis was egter die harde geraas.

Das krachende Geräusch würde alle im Haus erschrecken.

Die gekraakgeluid sou almal in die huis bang maak.

Vielleicht hätten sie keine Angst vor dem lauten Lärm.

Miskien sou hulle nie bang wees vir die harde geraas nie.

Aber sie wären mit Sicherheit besorgt, wenn sie davon hörten.

Maar hulle sou sekerlik bekommerd wees as hulle dit hoor.

Man musste aber das Risiko eingehen, Aufmerksamkeit zu erregen.

Maar die risiko om aandag te trek moes geneem word.

Die neue Methode war eher ein Spiel als eine Anstrengung.

Die nuwe metode was meer van 'n spel as 'n poging.

Er musste seinen Körper in plötzlichen und ruckartigen Bewegungen hin und her wiegen.

Hy moes sy lyf in skielike en rukkerige bewegings wieg.

Gregor war schon halb aus dem Bett aufgestanden.

Gregor was reeds halfpad uit die bed.

Nun kam ihm gerade ein neuer Gedanke.

Nou was daar 'n nuwe gedagte wat by hom opgekom het.

„Es wäre alles so einfach, wenn mir jemand zu Hilfe käme."

"Dit sou alles so maklik wees as iemand my te hulp sou kom."

„Zwei kräftige Personen würden völlig ausreichen."

"Twee sterk mense sou heeltemal voldoende wees."

Sein Vater und das Dienstmädchen wären stark genug.

Sy pa en die bediende sou sterk genoeg wees.

Sie müssten nur ihre Arme unter seinen Rücken schieben.

Hulle sou net hul arms onder sy rug moes inskuif.

Und dann könnten sie ihn ganz leicht aus dem Bett ziehen.

En toe kon hulle hom maklik uit die bed skil.

Vielleicht hätten sie sein Gewicht langsam reduzieren müssen.

Miskien sou hulle sy gewig stadig moes verminder het.

Hoffentlich hätten die Beine dann ihren Zweck gefunden.

Hopelik sou die bene dan hul doel gevind het.

Wäre es nicht letztendlich besser, um Hilfe zu rufen?

"Sou dit nie beter wees om hulp te ontbied nie?"

Das Problem war natürlich, dass er die Türen abgeschlossen hatte.

Die probleem was natuurlik dat hy die deure gesluit het.

Irgendwie hatte der Gedanke etwas, das ihn amüsierte.

Daar was iets omtrent die gedagte wat hom gegril het.

Und trotz seiner Notlage konnte er sich ein Lächeln nicht verkneifen.

En ten spyte van sy ontbering, kon hy nie 'n glimlag onderdruk nie.

Er war schon kurz davor, das Gleichgewicht zu verlieren.

Hy was nou reeds naby daaraan om sy balans te verloor.

Mit jedem Schwung kam er dem Umkippen vom Bett näher.

Elke swaai het hom nader daaraan gebring om van die bed af te kantel.

Bald musste er die endgültige Entscheidung treffen.

Binnekort sou hy die finale besluit moes neem.

In fünf Minuten würde es Viertel nach sieben sein.

Oor vyf minute sou dit kwart oor sewe wees.

Während er diesen Gedanken nachging, klingelte es an der Tür.

Terwyl hy hierdie gedagtes gehad het, lui die deurklokkie.

„Das ist jemand aus dem Büro", sagte er zu sich selbst.

"Dis iemand van die kantoor," het hy vir homself gesê.

Und er erstarrte fast vor Angst angesichts des Besuchers.

En hy het amper gevries van vrees as gevolg van die besoeker.

Seine Beine tanzten noch wilder als zuvor.

Sy bene het selfs wilder gedans as voorheen.

Doch dann herrschte einen Moment lang Stille.

Maar toe, vir 'n oomblik, het alles stil gebly.

„Sie werden die Tür nicht öffnen", sagte Gregor zu sich selbst.

"Hulle sal nie die deur oopmaak nie," het Gregor vir homself gesê.

Er war noch immer einer sinnlosen Hoffnung verfallen.

Hy was steeds vasgevang in 'n soort sinnelose hoop.

Doch dann ging das Dienstmädchen natürlich zur Tür.

Maar toe, natuurlik, stap die bediende na die deur toe.

Und wie immer öffnete sie dem Besucher die Tür.

En, soos altyd, het sy die deur vir die besoeker oopgemaak.

Gregor brauchte nur die erste Begrüßung des Besuchers zu hören.

Gregor hoef net die besoeker se eerste groet te hoor.

Er konnte sofort erkennen, wer ihn gesucht hatte.

Hy kon dadelik sien wie vir hom gekom het.

Der Hauptschreiber selbst war gekommen, um nach Samsa zu sehen.

Die hoofklerk self het gekom om Samsa te ondersoek.

Warum war Gregor der Einzige, der zu diesem Schicksal verurteilt wurde?

Waarom was Gregor die enigste een wat tot hierdie lot
veroordeel is?

**Warum musste ausgerechnet er in einer solchen
Organisation dienen?**

Waarom moes net hy in so 'n organisasie dien?

Das geringste Versehen weckte sofort Misstrauen.

Die geringste oorsig het onmiddellik agterdog gewek.

Waren alle Angestellten, die dort arbeiteten, Schurken?

Was al die werknemers wat daar gewerk het skurke?

**Gab es denn keinen treuen und ergebenen Menschen unter
ihnen?**

Was daar geen getroue en toegewyde persoon onder hulle
nie?

Hätten sie nicht einfach einen Lehrling schicken können?

Kon hulle nie maar net 'n vakleerling oorstuur het nie?

War diese ganze Infragestellung überhaupt notwendig?

Was al hierdie ondervraging werklik enigsins nodig?

Musste der Bevollmächtigte persönlich erscheinen?

Moes die gemagtigde verteenwoordiger self kom?

**Musste wirklich die gesamte unschuldige Familie informiert
werden?**

Moes die hele onskuldige familie ingelig word?

All diese Überlegungen veranlassten Gregor zum Handeln.

Al hierdie oorwegings het Gregor tot aksie beweeg.

Er schwang sich mit aller Kraft aus dem Bett.

Hy het homself met al sy mag uit die bed geswaai.

**Es gab einen lauten Knall, aber es war eigentlich kein
richtiges Geräusch.**

Daar was 'n harde slag, maar dit was nie regtig 'n geraas nie.

Der Fall wurde durch den Teppich etwas abgemildert.

Die val was effens versag deur die mat.

Sein Rücken war elastischer, als Gregor angenommen hatte.

Sy rug was meer elasties as wat Gregor gedink het.

Der Klang war also dumpfer und nicht so auffällig.

So die klank was meer dof, en nie so opvallend nie.

**Doch er hatte seinen Kopf während des Sturzes nicht
geschützt.**

Maar hy het nie na sy kop omgesien tydens die val nie.

Und als er auf den Boden aufschlug, schlug er auch mit dem Kopf auf.

En toe hy die grond tref, het hy ook sy kop gestamp.

Er rieb sich vor Wut und Schmerz den Kopf am Teppich.

Hy het sy kop op die mat gevryf van woede en pyn.

Der Manager im Nachbarzimmer hörte jedoch den Lärm.

Maar die bestuurder in die kamer langsaan het die geraas gehoor.

„Da ist etwas hineingefallen", stellte er richtig fest.

"Iets het daar ingeval," het hy tereg opgemerk.

Gregor versuchte, sich den Manager in seine Lage zu versetzen.

Gregor het probeer om die bestuurder in sy situasie voor te stel.

„Könnte ihm dasselbe passieren?", fragte er sich.

"Kan dieselfde met hom gebeur?" het hy gewonder.

Er akzeptierte, dass dieses seltsame Ereignis möglich sein könnte.

Hy het aanvaar dat hierdie vreemde gebeurtenis moontlik kon wees.

Und dann ging der Hauptsekretär ein paar Schritte in den Raum.

En toe het die hoofklerk 'n paar treë na die kamer gegee.

Es war fast schon eine plumpe Antwort auf seine Frage.

Dit was amper 'n growwe antwoord op die vraag wat hy gevra het.

Seine Lederstiefel knarrten, als er sich der Tür näherte.

Sy leerstewels het gekraak toe hy die deur nader.

Aus dem Zimmer zu seiner Rechten flüsterte ihm seine Magd zu.

Vanuit die kamer aan sy regterkant het sy bediende vir hom gefluister.

„Gregor, der Bevollmächtigte, ist hier."

"Gregor, die gemagtigde verteenwoordiger is hier."

„Ich weiß", sagte Gregor, aber nur leise zu sich selbst.

"Ek weet," het Gregor gesê, maar net stil vir homself.

Er wagte es nicht, seine Stimme lauter als ein Flüstern zu erheben.

Hy het nie gewaag om sy stem bo 'n fluistering te verhef nie.

Weil Gregor nicht wollte, dass seine Schwester ihn hörte.

Omdat Gregor nie wou hê sy suster moes hom hoor nie.

„Gregor", sagte der Vater aus dem Zimmer links.

"Gregor," het die pa vanuit die kamer aan die linkerkant gesê.

Der Manager ist gekommen, um nach dem Rechten zu sehen.

"Die bestuurder het gekom om te kyk wat die probleem is."

„Er fragte, warum du nicht den frühen Zug genommen hast."

"Hy het gevra hoekom jy nie met die vroeë trein vertrek het nie."

„Wir wissen nicht, was wir ihm sagen sollen", sagte der Vater.

"Ons weet nie wat om vir hom te sê nie," het die pa gesê.

„Übrigens möchte er auch persönlich mit Ihnen sprechen."

"Terloops, hy wil ook persoonlik met jou praat."

„Bitte öffnen Sie die Tür, damit er mit Ihnen sprechen kann."

"Maak asseblief die deur oop, sodat hy met jou kan praat."

„Er wird so freundlich sein, das Chaos im Zimmer zu entschuldigen."

"Hy sal so gaaf wees om die gemors in die kamer te verskoon."

"Guten Morgen, Herr Samsa", rief ihm der Manager zu.

"Goeiemôre, mnr. Samsa," het die bestuurder na hom geroep.

Und er sprach ganz gewiss in freundlicher Weise mit ihm.

En hy het beslis op 'n vriendelike manier met hom gepraat.

„Es geht ihm nicht gut", sagte die Mutter zum Manager.

"Hy is nie gesond nie," het die ma vir die bestuurder gesê.

„Es geht ihm überhaupt nicht gut, glauben Sie mir, lieber Manager."

"Hy is glad nie gesond nie, glo my, liewe bestuurder."

"Warum sonst sollte Gregor den Morgenzug verpassen?"

"Waarom anders sou Gregor die oggendtrein mis?"

„Der Junge hat nichts anderes im Kopf als das Geschäft."

"Die seun het niks anders op sy gedagtes as die besigheid nie."
„Es ärgert mich fast, dass er nichts anderes tut.“
"Dit irriteer my amper dat hy niks anders doen nie."
„Ich wünschte, er würde abends an die frische Luft gehen.“
"Ek wens hy het saans uitgegaan vir vars lug."
„Er war acht Tage geschäftlich in der Stadt.“
"Hy was agt dae lank in die stad vir besigheid."
„Aber er war ja jeden dieser Abende zu Hause.“
"Maar toe was hy elkeen van daardie aande by die huis"
„Er sitzt an unserem Tisch und liest die Zeitung.“
"Hy sit aan ons tafel en lees die koerant."
„Manchmal studiert er auch die Fahrpläne der Züge.“
"Op ander tye bestudeer hy die treinroosters."
„Manchmal beschäftigt er sich mit Tischlerarbeiten.“
"Soms hou hy homself wel besig met timmerwerk."
„Zum Beispiel schnitzte er einen kleinen Bilderrahmen aus Holz.“
"Hy het byvoorbeeld 'n klein hout prentraam gekerf."
„An zwei oder drei Abenden war er mit der Säge beschäftigt.“
"Oor twee of drie aande was hy besig met die saag."
„Sie werden staunen, wie hübsch der Bilderrahmen ist.“
"Jy sal verbaas wees oor hoe mooi die prentraam is."
„Er hat den Bilderrahmen in seinem Zimmer aufgehängt.“
"Hy het die prentraam in sy kamer opgehang."
„Wenn er die Tür öffnet, werden Sie seine Holzarbeiten sehen.“
"Wanneer hy die deur oopmaak, sal jy sy houtwerk sien."
„Übrigens freut es mich, dass Sie hier sind, Herr Prokurist.“
"Terloops, ek is bly u is hier, mnr. Prokurist."
„Wir allein hätten Gregor nicht dazu bringen können, die Tür zu öffnen.“
"Ons alleen kon Gregor nie die deur laat oopmaak het nie."
„Er ist so stur“, gestand seine Mutter dem Angestellten.
"Hy is so koppig," het sy ma aan die klerk bely.
„Er ist ganz sicher krank, obwohl er das vorher bestritten hat.“

"Hy is beslis ongesteld, alhoewel hy dit voorheen ontken het."

„Ich komme gleich", sagte Gregor langsam und bedächtig.

"Ek sal nou daar wees," het Gregor stadig en versigtig gesê.

Doch er machte keine Anstalten, sich der Tür des Zimmers zuzuwenden.

Maar hy het geen beweging in die rigting van die kamerdeur gemaak nie.

Er wollte kein Wort des Gesprächs verpassen.

Hy wou nie 'n woord van die gesprek verloor nie.

Der Hauptsekretär stimmte der Einschätzung der Mutter zu.

Die hoofklerk het met die moeder se assessering saamgestem.

"Ich kann es Ihnen auch nicht anders erklären, Madam."

"Ek kan dit ook nie anders verduidelik nie, mevrou."

„Hoffen wir alle, dass er keine schwere Krankheit hat", sagte er.

"Laat ons almal hoop dat hy geen ernstige siekte het nie," het hy gesê.

„Andererseits stellt es eine Gefahr in unserer Branche dar."

"Aan die ander kant is dit 'n gevaar in ons bedryf."

„Wir Geschäftsleute müssen oft Unannehmlichkeiten überwinden."

"Ons sakemense moet dikwels ongemak oorkom."

„Profis müssen leichte Schmerzen einfach aushalten."

"Professionele persone moet net deur effense pyne druk."

Währenddessen klopfte sein Vater erneut an die andere Tür.

Intussen het sy pa weer aan die ander deur geklop.

„Kann der Hauptsekretär jetzt hereinkommen?", wollte er wissen.

"Kan die hoofklerk nou inkom?" wou hy weet.

"Nein, das kann er nicht", antwortete Gregor auf die Frage seines Vaters.

"Nee, hy kan nie," het Gregor op sy pa se vraag geantwoord.

Im Raum links von uns herrschte betretenes Schweigen.

'n Ongemaklike stilte het in die kamer aan die linkerkant neergesak.

Im Zimmer rechts begann die Schwester zu schluchzen.

In die kamer aan die regterkant het die suster begin huil.

Warum war die Schwester nicht zu den anderen gegangen?
Waarom het die suster nie gegaan om by die ander te wees
nie?
Sie war wahrscheinlich gerade erst aufgestanden, dachte er.
Sy het waarskynlik pas uit die bed geklim, het hy gedink.
**Vielleicht hatte sie noch gar nicht angefangen, sich
anzuziehen.**
Sy het dalk nog nie eers begin aantrek nie.
Gregor aber verstand nicht, warum sie weinte.
Maar Gregor kon nie verstaan hoekom sy gehuil het nie.
**Lag es daran, dass er nicht aufgestanden war und den
Manager hereingelassen hatte?**
Was dit omdat hy nie opgestaan en die bestuurder ingelaat het
nie?
Lag es daran, dass er Gefahr lief, seinen Job zu verlieren?
Was dit omdat hy in gevaar was om sy werk te verloor?
Könnte der Chef wie früher gegen die Eltern vorgehen?
Kan die baas dalk agter die ouers aankom soos voorheen?
Würde er seine alten Forderungen an sie wiederholen?
Sou hy weer die ou eise aan hulle stel?
Diese Dinge waren wahrscheinlich unnötig.
Oor hierdie dinge hoef mens waarskynlik nie bekommerd te
wees nie.
Im Moment hatte sie keinen Grund zu weinen.
Vir eers het sy geen rede gehad om te huil nie.
Gregor war noch da und sorgte für seine Familie.
Gregor was steeds hier en het vir die gesin gesorg.
Und er hatte nie die Absicht, die Familie zu verlassen.
En hy het nooit enige voorneme gehad om die familie te
verlaat nie.
Im Moment lag er einfach nur da auf dem Teppich.
Vir eers het hy net daar op die mat gelê.
Die Familie wusste nichts von seinem Zustand.
Die familie het nie geweet in watter toestand hy was nie.
**Hätten sie das gewusst, hätten sie seinen Chef nicht
ermutigt.**

As hulle geweet het, sou hulle nie sy baas aangemoedig het nie.

Sie hätten nicht einmal den Manager ins Haus gelassen.

Hulle sou nie eens die bestuurder in die huis toegelaat het nie.

Ihn abzuweisen wäre nicht besonders unhöflich gewesen.

Om hom weg te wys sou nie besonder onbeskof gewees het nie.

Er hätte später problemlos eine passende Ausrede finden können.

Hy kon later maklik 'n geskikte verskoning gevind het.

Dafür hätte er nicht entlassen werden können.

Dit was nie iets waarvoor hy afgedank kon word nie.

Gregor war der Ansicht, dass es jetzt vernünftiger wäre, allein gelassen zu werden.

Gregor het gevoel dat dit nou meer sinvol sou wees om alleen gelaat te word.

Ihn durch Weinen und Reden zu stören, brachte wenig.

Om hom met gehuil en gepraat te steur, het min bereik.

Doch die anderen beunruhigte die Ungewissheit.

Maar dit was die onsekerheid wat die ander gepla het.

Und genau diese Unsicherheit entschuldigte ihr Verhalten.

En dit was hierdie onsekerheid wat hul gedrag verskoon het.

„Herr Samsa!", rief der Manager mit erhobener Stimme.

"Meneer Samsa," het die bestuurder met verhewe stem uitgeroep.

„Was ist los mit dir?", wollte er wissen.

"Wat gaan aan met jou?" wou hy weet.

„Du hast dich in deinem Zimmer verbarrikadiert."

"Jy het jouself in jou kamer versper."

„Sie antworten nur mit ‚Ja' oder ‚Nein'."

"Jy antwoord slegs met 'n 'ja' of 'nee'."

„Du bereitest deinen Eltern große Sorgen."

"Jy veroorsaak ernstige bekommernisse vir jou ouers."

„Ich sehe keinen guten Grund, warum Sie sie beunruhigen sollten."

"Ek kan nie 'n goeie rede sien waarom jy hulle sou bekommer nie."

„Es gibt da noch eine Sache, die ich nebenbei erwähnen
möchte.“
"Daar is nog een ding wat ek terloops sal noem."
„Sie vernachlässigen auch Ihre geschäftlichen Pflichten uns
gegenüber.“
"Jy versuim ook jou sakepligte teenoor ons."
„Eine solche Verantwortungslosigkeit entspricht so gar nicht
Ihrem Charakter.“
"Sulke onverantwoordelikheid is heeltemal buite jou
karakter."
„Ich spreche hier im Namen Ihrer Eltern und Ihres Chefs.“
"Ek praat hier namens jou ouers en jou baas."
„Und ich bitte Sie um eine sofortige und klare Erklärung.“
"En ek vra u vir 'n onmiddellike en duidelike verduideliking."
„Das Ganze erstaunt mich wirklich, das muss ich sagen.“
"Hierdie hele ding verbaas my regtig, ek moet sê."
„Ich dachte, ich kenne dich als ruhigen und vernünftigen
Menschen.“
"Ek het gedink ek ken jou as 'n kalm en redelike persoon."
„Aber jetzt zeigst du uns eine andere Seite von dir.“
"Maar nou wys jy vir ons 'n ander kant van jouself."
„Plötzlich zeigst du deine ganz eigenen Launen.“
"Skielik wys jy jou baie eienaardige grille."
„Aber es könnte eine Erklärung für Ihr Scheitern geben.“
"Maar daar mag dalk 'n verduideliking wees vir jou
mislukking."
„Der Chef erwähnte eine Forderung, die Sie für uns
eingetrieben hatten.“
"Die baas het 'n skuld genoem wat jy vir ons ingevorder het."
"Ich habe dem Chef in Ihrem Namen mein Ehrenwort
gegeben."
"Ek het die baas my erewoord namens jou gegee."
„Aber jetzt sehe ich deine unverständliche Sturheit.“
"Maar nou sien ek jou onbegryplike koppigheid."
"Vielleicht verliere ich auch noch jegliche Lust, dir
überhaupt zu helfen."

"Ek kan dalk steeds al my begeerte verloor om jou hoegenaamd te help."
„Ihre Arbeitsplatzsicherheit ist keineswegs völlig stabil."
"Jou werksekerheid is geensins heeltemal stabiel nie."
„Eigentlich wollte ich euch das alles unter vier Augen erzählen."
"Ek wou jou oorspronklik al hierdie dinge privaat vertel."
„Aber jetzt sehe ich, dass Sie wollen, dass ich hier meine Zeit verschwende."
"Maar nou sien ek jy wil hê ek moet my tyd hier mors."
„Ich sehe also keinen Grund, warum deine Eltern das nicht wissen sollten."
"So ek sien geen rede waarom jou ouers nie moet weet nie."
„Ihre Leistungen in letzter Zeit waren nicht zufriedenstellend."
"Jou onlangse prestasie was nie bevredigend nie."
„Ich räume ein, dass die Verkäufe zu dieser Jahreszeit langsamer laufen."
"Ek gee toe dat verkope hierdie tyd van die jaar stadiger is."
„Aber es gibt keine Jahreszeit, in der es keine Verkäufe gibt."
"Maar daar is geen tyd van die jaar vir geen verkope nie."
Für einen Moment vergaß Gregor alles um sich herum.
Vir 'n oomblik vergeet Gregor alles rondom homself.
„Aber Herr Prokurist!", rief Gregor verzweifelt aus.
"Maar mnr. Prokurist," het Gregor wanhopig uitgeroep.
"Ich öffne die Tür sofort, jetzt gleich, keine Sorge."
"Ek sal die deur dadelik oopmaak, moenie bekommerd wees nie."
„Das Problem ist, dass ich mich ziemlich unwohl fühle."
"Die probleem is dat ek nogal sleg voel."
„Mir war schwindelig, deshalb konnte ich die Tür nicht erreichen."
"My duiseligheid het my verhoed om by die deur uit te kom."
„Ich liege zwar noch im Bett, aber es geht mir schon viel besser."
"Ek lê nog steeds in die bed, maar ek voel baie beter."

"Einen Moment bitte, ich stehe gerade erst auf."
"Wag asseblief net 'n oomblik, ek klim nou net uit die bed."
"Einen Moment Geduld, Herr Prokurist, ist alles, worum ich bitte."
"'n Oomblik se geduld is al wat ek vra, mnr. Prokurist."
„Es läuft nicht so gut, wie ich dachte, aber ich werde es schon schaffen."
"Dit gaan nie so goed soos ek gedink het nie, maar ek sal oukei wees."
"Wie kann so etwas einem Menschen so schnell passieren?"
"Hoe kan so iets so vinnig met 'n mens gebeur?"
„Mir ging es gestern Abend gut, das wissen meine Eltern."
"Ek het gisteraand goed gevoel, my ouers weet dit."
„Aber vielleicht hatte ich damals schon eine kleine Vorahnung."
"Maar miskien het ek toe reeds 'n klein voorgevoel gehad."
„Man könnte sich fragen, warum ich es nicht im Büro gemeldet habe."
"Jy mag dalk vra hoekom ek dit nie by die kantoor aangemeld het nie."
„Ich dachte, ich würde mich morgen früh wieder viel besser fühlen."
"Ek het gedink ek sou môreoggend weer baie beter voel."
„Man denkt immer, dass sie die Krankheit bis dahin besiegt haben werden."
"'n Mens dink altyd hulle sal die siekte teen daardie tyd oorkom."
„Aber bitte! Verschonen Sie meine Eltern vor diesen Anschuldigungen!"
"Maar asseblief! Spaar my ouers van hierdie beskuldigings!"
„Mir wurde kein Wort von dem erzählt, was Sie mir erzählt haben."
"Ek is nie 'n woord vertel van wat jy my vertel het nie."
„Sie haben möglicherweise die letzten von mir versandten Befehle nicht gelesen."
"Jy het dalk nie die laaste bevele gelees wat ek uitgestuur het nie."

„Übrigens, du brauchst dir heute keine Sorgen um mich zu machen."

"Terloops, jy hoef jou nie vandag oor my te bekommer nie."

„Ich werde trotzdem den Zug um acht Uhr nehmen."

"Ek gaan steeds die agtuur-trein neem."

„Die wenigen Stunden Ruhe haben mich ausreichend gestärkt."

"Die paar uur se rus het my genoeg versterk."

"Sie müssen wirklich nicht warten, Manager."

"Daar is regtig geen nodigheid vir u om te wag nie, bestuurder."

„Auch ich werde schon bald im Büro sein."

"Ek sal ook binnekort self in die kantoor wees."

"Und bitte seien Sie so freundlich, ein gutes Wort für mich einzulegen."

"En wees asseblief so gaaf om 'n goeie woordjie vir my in te sit."

Gregor hatte seine Erklärung recht hastig vorgetragen.

Gregor het sy verduideliking nogal haastig uitgespreek.

Er wusste selbst kaum, was er eigentlich sagen wollte.

Hy het skaars geweet wat hy eintlik probeer sê het.

Er ging zu der Kiste und versuchte, sich daran hochzuziehen.

Hy het na die boks gegaan en probeer om dit te gebruik om op te staan.

Er hatte wirklich die feste Absicht, die Tür zu öffnen.

Hy het werklik elke voorneme gehad om die deur oop te maak.

Er wollte vom Bevollmächtigten empfangen werden.

Hy wou deur die gemagtigde verteenwoordiger gesien word.

Und er wollte das Problem persönlich mit ihm lösen.

En hy wou die probleem persoonlik saam met hom oplos.

Er war gespannt darauf, wie die anderen auf ihn reagieren würden.

Hy was gretig om te weet hoe die ander op hom sou reageer.

Sie sind bestimmt inzwischen auch gespannt darauf, wie es ihm geht.

Hulle moet nou ook gretig wees om te sien hoe dit met hom gaan.

Es gab zwei mögliche Arten, wie sie auf ihn reagieren konnten.

Daar was twee moontlike maniere waarop hulle op hom kon reageer.

Eine Möglichkeit war, dass sie Angst bekommen würden.

Een moontlikheid was dat hulle bang sou wees.

Wenn sie Angst hatten, dann trug er keine Verantwortung.

As hulle bang was, dan het hy geen verantwoordelikheid gehad nie.

Und dann müsste er sich keine Sorgen mehr um die Situation machen.

En dan sou hy hom nie oor die situasie hoef te bekommer nie.

Es gab aber auch noch eine andere Möglichkeit, die man in Betracht ziehen musste.

Maar daar was ook 'n ander moontlikheid om oor na te dink.

Vielleicht würden sie ihn so, wie er war, einfach hinnehmen.

Miskien sou hulle kalm aanvaar hoe hy was.

Dann hätte auch Gregor keinen Grund, sich aufzuregen.

Dan sou Gregor ook geen rede hê om ontsteld te raak nie.

Es bliebe noch genügend Zeit, den Zug zu erreichen.

Daar sou nog genoeg tyd wees om die trein te haal.

Das Aufrechtstehen war jedoch alles andere als einfach.

Om regop te staan was egter geensins 'n maklike taak nie.

Bei seinen ersten Versuchen rutschte er von der Kiste ab.

Met sy eerste paar pogings het hy van die boks afgegly.

Die Kiste war zu glatt, als dass er sich dagegen stemmen konnte.

Die boks was te glad vir hom om daarteen op te staan.

Und schließlich gab er sich noch einen letzten Anstoß, um aufzustehen.

En uiteindelik het hy homself een laaste stoot gegee om op te staan.

Er schenkte den Schmerzen in seinem Bauch keine Beachtung mehr.

Hy het nie meer aandag aan die pyn in sy buik gegee nie.

Egal wie groß der Schmerz sein würde, er würde es durchstehen.

Maak nie saak hoeveel pyn dit was nie, hy sou daardeur kom.

Er ließ sich gegen die Lehne eines nahegelegenen Stuhls fallen.

Hy het homself teen die rugleuning van 'n nabygeleë stoel laat val.

Und er hielt sich mit seinen kleinen Beinchen am Rand fest.

En hy het met sy klein beentjies aan die kante vasgehou.

Zu diesem Zeitpunkt hatte er sich besser im Griff.

Hy het op hierdie stadium meer beheer oor homself gekry.

Und sein Fall war stiller als der vorherige.

En sy val was stiller as die vorige een.

Weil er dem Manager zuhören musste.

Omdat hy moes luister na wat die bestuurder gesê het.

„Habt ihr irgendetwas davon verstanden?", fragte er die Eltern.

"Het julle enigiets daarvan verstaan?" het hy die ouers gevra.

"Er würde uns doch nicht zum Narren halten, oder?"

"Hy sou ons tog nie belaglik maak nie, nè?"

„Um Gottes Willen!", rief die Mutter und weinte bereits.

"Ter wille van God," roep die moeder, reeds huilend.

„Er könnte schwer krank sein und wir quälen ihn."

"Hy is dalk ernstig siek en ons pynig hom."

"Grete! Grete!", schrie sie ihrer Tochter zu.

"Grete! Grete!" het sy vir die dogter geskree.

„Mutter?", rief die Schwester von der anderen Seite.

"Ma?" roep die suster van die ander kant af.

Dann kommunizierten sie durch Gregors Zimmer.

Toe het hulle deur Gregor se kamer gekommunikeer.

„Gregor ist sehr krank und braucht Medikamente."

"Gregor is baie siek en hy het medisyne nodig."

„Sie müssen sofort zum Arzt gehen."

"Jy sal dadelik dokter toe moet gaan."

Hast du gehört, wie Gregor eben gesprochen hat?

"Het jy gehoor hoe Gregor nou net gepraat het?"

„Das war die Stimme eines Tieres", sagte der Manager.

"Dit was die stem van 'n dier," het die bestuurder gesê.

Seine Worte waren leise im Vergleich zu den Schreien der Mutter.

Sy woorde was stil in vergelyking met die ma se gille.

"Anna! Anna!", rief der Vater durch das Vorzimmer.

"Anna! Anna!" het die pa deur die voorkamer geroep.

Und er klatschte in die Hände, um ihre Aufmerksamkeit zu erregen.

En hy het sy hande geklap om hulle aandag te trek.

"Holt sofort einen Schlüsseldienst!", befahl er dem Dienstmädchen.

"Kry dadelik 'n slotmaker!" het hy die bediende beveel.

Die Mädchen rannten in ihren Röcken durch das Vorzimmer.

Die meisies, in hul rompe, het deur die voorkamer gehardloop.

Und ihre Röcke raschelten, als sie an seinem Zimmer vorbeiliefen.

En hulle rompe het geritsel toe hulle verby sy kamer hardloop.

„Wie konnte sich die Schwester so schnell anziehen?", dachte er.

"Hoe het die suster so vinnig aangetrek?" het hy gedink.

Die Tür war aufgerissen, aber nicht zugeschlagen.

Die deur was oopgeskeur, maar dit was nie toegeslaan nie.

Dies kommt häufig in Haushalten vor, in denen ein großes Unglück geschieht.

Dit is algemeen in huise waar 'n groot ongeluk plaasvind.

All das hatte Gregor jedoch deutlich ruhiger gemacht.

Maar dit alles het Gregor baie kalmer gemaak.

Als er seine eigenen Worte hörte, erschienen sie ihm klar.

Toe hy sy eie woorde hoor, het hulle vir hom duidelik gelyk.

Tatsächlich war er der Ansicht, seine Worte seien eigentlich klarer gewesen.

Trouens, hy het gevoel dat sy woorde eintlik duideliker was.

Die anderen aber verstanden nicht mehr, was er sagte.

Maar die ander het nie meer verstaan wat hy gesê het nie.

Vielleicht hatte er sich inzwischen an seine Ohren gewöhnt.

Miskien het hy nou al gewoond geraak aan sy ore.

Aber zumindest verstanden sie seine Situation jetzt besser.

Maar ten minste het hulle nou sy situasie beter verstaan.

Sie erkannten, dass mit ihm tatsächlich etwas nicht stimmte.

Hulle het besef daar was regtig iets fout met hom.

Und sie taten nun alles, was sie konnten, um ihm zu helfen.

En hulle het nou alles in hul vermoë gedoen om hom te help.

Dies gab Gregor ein Gefühl des Selbstvertrauens, das ihm gefehlt hatte.

Dit het Gregor 'n gevoel van selfvertroue gegee wat hy kortgekom het.

Und er fühlte sich in der Familie wieder viel sicherer.

En hy het weer baie veiliger in die familie gevoel.

Er hatte das Gefühl, wieder in den menschlichen Kreis aufgenommen zu sein.

Hy het gevoel dat hy weer in die menslike kring ingesluit was.

Nun musste er hoffen, dass der Schlüsseldienst die Tür öffnen konnte.

Nou moes hy hoop dat die slotmaker die deur kon oopmaak.

Und er hoffte, der Arzt könne solche Aufgaben ausführen.

En hy het gehoop dat die dokter sulke take kon verrig.

Er würde bald wieder mehr reden müssen.

Hy sou binnekort weer meer moes praat.

Seine Stimme musste so klar wie möglich sein.

Sy stem moes so duidelik as moontlik wees.

Zur Vorbereitung auf das Treffen räusperte er sich.

Om voor te berei vir die vergadering het hy sy keel skoongemaak.

Er bemühte sich jedoch, nur sehr leise zu husten.

Hy het egter sy bes gedoen om net baie stil te hoes.

Das Geräusch klang möglicherweise anders als ein menschlicher Husten.

Die geraas het dalk anders geklink as 'n menslike hoes.

Er wusste, dass er solche Dinge nicht mehr unterscheiden konnte.

Hy het geweet hy kon sulke dinge nie meer onderskei nie.

Im Nebenzimmer war es vollkommen still geworden.
In die volgende kamer het dit heeltemal stil geword.
Die Eltern saßen wahrscheinlich am Tisch.
Die ouers het waarskynlik aan tafel gesit.
Möglicherweise flüsterten sie mit dem Manager.
Hulle het dalk met die bestuurder gefluister.
Vielleicht lehnten alle an der Tür und lauschten.
Miskien het almal by die deur geleun en geluister.
Gregor schob den Stuhl langsam in Richtung Tür.
Gregor stoot die stoel stadig na die deur toe.
Er stemmte sich gegen die Tür und hielt sich aufrecht.
Hy het teen die deur gedruk en homself regop gehou.
**Er stellte fest, dass sich an seinen Fußsohlen ein wenig
Klebstoff befand.**
Hy het geleer dat die kussings van sy voete 'n bietjie gom
gehad het.
**Und er ruhte sich dort einen Moment lang von der
Anstrengung aus.**
En hy het daar vir 'n oomblik gerus van die inspanning.
**Nachdem er sich ausreichend ausgeruht hatte, begann er mit
der nächsten Aufgabe.**
Nadat hy genoeg gerus het, het hy met die volgende taak
begin.
**Er begann, den Schlüssel mit dem Mund im Schloss zu
drehen.**
Hy het die sleutel in die slot met sy mond begin draai.
Leider schien er gar keine Zähne zu haben.
Ongelukkig het dit gelyk of hy geen werklike tande gehad het
nie.
**Aber welche andere Möglichkeit hätte er gehabt, an die
Schlüssel zu gelangen?**
Maar watter ander manier het hy gehad om die sleutels te
gryp?
Zum Glück für ihn waren seine Kiefer natürlich sehr kräftig.
Gelukkig vir hom was sy kake natuurlik baie sterk.
**Mit Hilfe seiner Kiefermuskeln brachte er den Schlüssel
tatsächlich in Bewegung.**

Met die hulp van sy kake het hy die sleutel regtig aan die beweeg gekry.

Er hatte keinen Zweifel daran, dass er sich damit auch selbst schadete.

Hy het geen twyfel gehad dat hy homself ook skade berokken het nie.

Weil eine braune Flüssigkeit aus seinem Mund kam.

Omdat 'n bruin vloeistof uit sy mond gekom het.

Die braune Flüssigkeit ergoss sich über den Schlüssel und die Tür hinunter.

Die bruin vloeistof het oor die sleutel en teen die deur af gevloei.

Aber Gregor kümmerte es nicht, dass er sich selbst schadete.

Maar Gregor het nie omgegee dat hy homself seermaak nie.

„Können Sie das hören?", fragte der Manager im Nebenraum.

"Kan jy dit hoor?" het die bestuurder in die kamer langsaan gesê.

„Er dreht den Schlüssel um", hatte der Manager bemerkt.

"Hy draai die sleutel," het die bestuurder opgemerk.

Diese Worte waren eine große Ermutigung für Gregor.

Hierdie woorde was 'n groot aanmoediging vir Gregor.

Aber auch Vater und Mutter hätten rufen sollen:

Maar die pa en ma moes ook uitgeroep het:

„Gut gemacht, Gregor!", hätten sie ihm zurufen sollen.

"Goed, Gregor," moes hulle vir hom geskree het.

„Immer weiter, immer weiter am Schlüssel drehen, du schaffst das."

"Hou aan, hou aan om daardie sleutel te draai, jy kan dit doen."

Stattdessen musste Gregor sich ihre Begeisterung vorstellen.

Maar in plaas daarvan moes Gregor hul opgewondenheid verbeel.

Er presste die Zähne zusammen mit aller Kraft, die er hatte.

Hy het sy kakebeen met al die krag wat hy gehad het, geklem.

Und er drehte den Schlüssel weiter im Schloss.

En hy het aangehou om die sleutel in die slot om te draai.

Sein Körper wand sich schmerzhaft im Kreis.

Pynlik het sy liggaam in 'n sirkel om die lyf gedraai.

Er konnte sich nur noch mit dem Mund aufrecht halten.

Hy het homself nou net met sy mond regop gehou.

Um den Schlüssel weiterzudrehen, drückte er gegen die Tür.

Om die sleutel aan te hou draai, het hy teen die deur gedruk.

Schließlich weckte das Knacken des Schlosses Gregor wieder auf.

Uiteindelik het die klap van die slot Gregor weer wakker gemaak.

„Ich brauchte also keinen Schlüsseldienst", seufzte er erleichtert.

"So ek het nie die slotmaker nodig gehad nie," sug hy met verligting.

Jetzt musste er nur noch die Tür öffnen, die er aufgeschlossen hatte.

Nou moes hy net die deur oopmaak wat hy oopgesluit het.

Und mit dem Kopf auf dem Türgriff öffnete er die Tür.

En met sy kop op die handvatsel het hy die deur oopgemaak.

Er befand sich hinter der Tür, die in sein Zimmer führte.

Hy was agter die deur, wat na sy kamer oopgemaak het.

Die Tür war also schon offen, bevor man ihn sehen konnte.

So was die deur reeds oop voordat hy gesien kon word.

Als Nächstes musste er sich um die Tür herummanövrieren.

Volgende moes hy homself om die deur self maneuvreer.

Diese schwierige Bewegung erforderte auch viel Mühe.

Hierdie moeilike beweging het ook baie moeite geverg.

Er wollte nicht ungeschickt in den nächsten Raum fallen.

Hy wou nie lomp in die volgende kamer val nie.

So hatte er keine Zeit, sich auf irgendetwas anderes zu konzentrieren.

Hy het dus geen tyd gehad om aan enigiets anders aandag te skenk nie.

Doch dann hörte er den Hauptsekretär laut „Oh!" ausrufen.

Maar toe hoor hy die hoofklerk 'n harde "O!" sê.

Es klang, als würde der Wind durchs Haus rauschen.

Dit het geklink asof die wind deur die huis waai.

Er war zufällig derjenige, der der Tür am nächsten stand.
Hy was toevallig die een naaste aan die deur.
Und als er ihn nun sah, presste er die Hand an den Mund.
En nou, toe hy hom sien, het hy sy hand voor sy mond
gedruk.
Langsam bewegte er sich rückwärts, weg von Gregor.
Hy het homself stadig agteruit beweeg, weg van Gregor.
Aber es war, als ob eine unsichtbare Kraft auf ihn einwirkte.
Maar dit was asof 'n onsigbare krag op hom inwerk.
Das Erste, was die Mutter tat, war, den Vater anzusehen.
Die eerste ding wat die ma gedoen het, was om na die pa te
kyk.
Trotz der Anwesenheit des Managers war ihr Haar zerzaust.
Ten spyte van die bestuurder se teenwoordigheid, was haar
hare deurmekaar.
**Sie verschränkte die Arme und machte zwei Schritte nach
vorn.**
Sy het haar arms oopgevou en twee treë vorentoe gegee.
Doch dann brach sie mitten in ihrem Rock zusammen.
Maar toe het sy in die middel van haar romp ineengestort.
Ihr Kleid breitete sich um sie herum auf dem Boden aus.
Haar rok het oral om haar op die vloer versprei.
Und ihr Kopf verschwand auf ihren eigenen Brüsten.
En haar kop het op haar eie borste verdwyn.
**Der Vater ballte mit feindseligem Gesichtsausdruck die
Faust.**
Die pa het sy vuis met 'n vyandige uitdrukking geklem.
Er schien Gregor zurück in sein Zimmer drängen zu wollen.
Hy wou blykbaar hê Gregor moes terug in sy kamer gestoot
word.
Dann blickte er unsicher im Wohnzimmer umher.
Toe kyk hy onseker rond in die sitkamer.
Und schließlich bedeckte er seine Augen mit den Händen.
En uiteindelik het hy sy oë tussen sy hande toegemaak.
Und er weinte bitterlich, bis seine mächtige Brust erbebte.
En hy het bitterlik geween totdat sy magtige bors gebewe het.
Gregor betrat ihr Zimmer tatsächlich gar nicht.

Gregor het glad nie eintlik in hul kamer ingegaan nie.

Stattdessen lehnte er sich an den Türrahmen.

In plaas daarvan het hy teen die deurkosyn geleun.

Von außen war nur die Hälfte seines Körpers sichtbar.

Slegs die helfte van sy liggaam was sigbaar vir diegene buite.

Und auf seinem Körper befand sich sein Kopf, zur Seite geneigt.

En bo-op sy lyf was sy kop, sywaarts gekantel.

Das Licht war inzwischen viel heller geworden als zuvor.

Teen hierdie tyd het die lig baie helderder geword as voorheen.

Man konnte nun deutlich die andere Straßenseite sehen.

'n Mens kon nou duidelik die ander kant van die straat sien.

Ein Teil des endlosen, grauen Krankenhauses gab sich zu erkennen.

'n Gedeelte van die eindelose, grys hospitaal het homself onthul.

Der Morgenregen hatte noch nicht ganz aufgehört.

Die oggendreën het nog nie heeltemal opgehou val nie.

Doch nun waren die Regentropfen größer und weiter voneinander entfernt.

Maar nou was die reëndruppels groter, en verder uitmekaar.

Das Frühstücksbuffet war in Hülle und Fülle vorhanden.

Die ontbytgeregte was in oorvloed op die tafel.

Der Vater hielt das Frühstück für die wichtigste Mahlzeit.

Die pa het ontbyt as die belangrikste maaltyd beskou.

Das Frühstück war eine Mahlzeit, die er stundenlang in die Länge zog.

Ontbyt was 'n maaltyd wat hy ure lank uitgesleep het.

Und in diesen Stunden las er die verschiedenen Zeitungen.

En in hierdie ure het hy die verskillende koerante gelees.

Direkt gegenüber hing ein Foto von Gregor.

Net aan die oorkantste muur het 'n foto van Gregor gehang.

Das Foto an der Wand zeigte ihn als Leutnant.

Die foto teen die muur het hom as 'n luitenant uitgebeeld.

Es war ein Foto aus seiner Zeit beim Militär.

Dit was 'n foto uit die tyd wat hy in die weermag deurgebring het.

Seine Hand ruhte auf seinem Schwert, und er hatte ein unbeschwertes Lächeln im Gesicht.

Sy hand was op sy swaard, en hy het 'n sorgvrye glimlag gehad.

Seine Haltung und seine Uniform flößten einen gewissen Respekt ein.

Sy postuur en sy uniform het 'n sekere respek afgedwing.

Die andere Tür, die zum Vorzimmer führte, war ebenfalls offen.

Die ander deur wat na die voorkamer gelei het, was ook oop.

Und die Tür zur Wohnung war auch noch offen.

En die deur na die woonstel was ook nog oop.

Man konnte bis zum Vorhof des Wohnhauses sehen.

'n Mens kon tot by die woonstel se voorhof sien.

Und dann führte die Treppe hinunter auf die Straße.

En toe het die trappe af gelei na die straat onder.

Gregor war der Einzige, der die Fassung bewahrt hatte.

Gregor was die enigste een wat sy kalmte behou het.

Er hat das gesehen, daher lag die Verantwortung für das Gespräch bei ihm.

Hy het dit gesien, so die gesprek was sy verantwoordelikheid.

"So, ich werde mich jetzt für die Arbeit anziehen", sagte er.

"Wel, ek gaan nou aantrek vir werk," het hy gesê.

„Sobald ich die Textilmuster verpackt habe, werde ich abreisen.“

"Nadat ek die tekstielmonsters gepak het, sal ek vertrek."

"Beabsichtigen Sie immer noch, mich zu entlassen, Herr Prokurist?"

"Is u steeds van plan om my af te dank, mnr. Prokurist?"

„Wie Sie sehen, bin ich nicht so stur, wie Sie dachten.“

"Soos jy kan sien, is ek nie so koppig soos jy gedink het nie."

„Und Sie können sehen, dass ich doch gerne arbeite.“

"En jy kan sien dat ek tog daarvan hou om te werk."

„Ich kann zugeben, dass Reisen aus beruflichen Gründen nicht einfach ist.“

"Ek kan erken dat dit nie maklik is om vir werk te reis nie."
„Aber ich kann auch akzeptieren, dass es Teil meines Jobs ist.“
"Maar ek kan ook aanvaar dat dit deel van my werk is."
"Manager, wo gehen Sie hin? Zurück ins Büro?"
"Bestuurder, waarheen gaan jy? Terug kantoor toe?"
„Werden Sie alles, was Sie gesehen haben, wahrheitsgemäß berichten?“
"Sal jy eerlikwaar alles rapporteer wat jy gesien het?"
„Manchmal kommt es vor, dass man nicht zur Arbeit gehen kann.“
"Soms gebeur dit dat 'n mens nie werk toe kan gaan nie."
„Das ist der richtige Zeitpunkt, um sich an vergangene Erfolge zu erinnern.“
"Dit is die regte tyd om vorige prestasies te onthou."
„Nachdem die Schwierigkeit beseitigt wurde, funktioniert es sogar noch besser.“
"Nadat die moeilikheid verwyder is, werk mens selfs beter."
„Mein Fleiß und meine Konzentration werden zunehmen.“
"My ywer en konsentrasie gaan toeneem."
"Sie wissen ganz genau, dass ich dem Chef etwas schulde."
"Jy weet baie goed dat ek die baas in die skuld is."
„Aber ich mache mir auch Sorgen um meine Eltern und meine Schwester.“
"Maar ek is ook bekommerd oor my ouers en my suster."
„Ich stecke in einer schwierigen Lage, aber ich werde einen Weg finden, da wieder herauszukommen.“
"Ek is in 'n moeilike posisie, maar ek sal my pad daaruit werk."
„Macht es nicht noch schwieriger, als es ohnehin schon ist.“
"Moenie dit moeiliker maak as wat dit reeds is nie."
„Als Kollegen müssen wir uns auch gegenseitig helfen.“
"As kollegas moet ons mekaar ook help."
„Ich weiß, dass die Büroangestellten die Reisenden nicht mögen.“
"Ek weet die kantoorwerkers hou nie van die reisigers nie."

„Ihr glaubt, wir verdienen ein Vermögen und führen ein gutes Leben.“

"Jy dink ons verdien 'n fortuin en lei goeie lewens."

„Sie haben keinen wirklichen Grund, ihre Vorurteile zu hinterfragen.“

"Hulle het geen werklike rede om hul vooroordeel te oorweeg nie."

„Sie als befugter Beamter haben jedoch eine andere Rolle.“

"Maar u, gemagtigde beampte, het 'n ander rol."

„Sie haben einen besseren Überblick als die anderen Mitarbeiter.“

"Jy het 'n beter oorsig as die ander personeel."

„Tatsächlich glaube ich, dass Sie den besten Überblick haben.“

"Trouens, ek dink jy het dalk die beste oorsig."

„Sie haben einen besseren Überblick als der Chef selbst.“

"Jy het 'n beter oorsig as die baas self."

„Ich gebe zu, dass der Chef die unternehmerische Arbeit leistet.“

"Ek erken dat die baas wel die entrepreneuriese werk doen."

„Aber es ist leicht, dass seine Urteile in die Irre geführt werden.“

"Maar dit is maklik vir sy oordele om mislei te word."

„Und diese kleinen Fehleinschätzungen können uns zum Nachteil gereichen.“

"En hierdie klein wanopvattings kan tot ons nadeel wees."

„Sie wissen ja, wie leicht es ist, über den Reisenden zu sprechen.“

"Jy weet hoe maklik dit is om oor die reisiger te praat."

„Er ist nicht da, um seinen Ruf vor Gerüchten zu verteidigen.“

"Hy is nie daar om sy reputasie teen skinderstories te verdedig nie."

„Diese Anschuldigungen können leicht nur Zufälle sein.“

"Hierdie beskuldigings kan maklik net toevallighede wees."

„Viele Beschwerden beruhen nicht einmal auf irgendeiner Wahrheit.“

"Baie klagtes is nie eens in enige waarhede gewortel nie."
„Er ist fast das ganze Jahr über nicht im Büro."
"Hy is amper die hele jaar uit die kantoor."
Welche Chance hat er, seinen Ruf zu verteidigen?
"Watter kans het hy om sy eie reputasie te verdedig?"
„Er erfährt gar nichts von den Anschuldigungen."
"Hy kry nie eens te hore van die beskuldigings nie."
„Er erfährt erst, was gesagt wurde, wenn es zu spät ist."
"Hy vind uit wat gesê is wanneer dit te laat is."
„Zu diesem Zeitpunkt ist er von der Tagesreise völlig erschöpft."
"Teen daardie stadium is hy uitgeput van die dag se reis."
„Er muss die schrecklichen Konsequenzen trotzdem am eigenen Leib erfahren."
"Hy moet in elk geval die verskriklike gevolge ervaar."
„Auch wenn er keine Möglichkeit hat, das Problem zu verstehen."
"Al het hy geen manier om die probleem te verstaan nie."
"Oh Manager, gehen Sie nicht, ohne mir ein Wort zu sagen."
"Ag bestuurder, moenie weggaan sonder om 'n woord met my te sê nie."
„Sag mir wenigstens, dass du mir teilweise zustimmst."
"Sê ten minste vir my dat jy gedeeltelik met my saamstem."
Der Manager hatte sich aber schon viel früher von Gregor abgewandt.
Maar die bestuurder het Gregor baie vroeër verlaat.
Seine Schulter zuckte, als er Gregor anblickte.
Sy skouer het gebewe toe hy terug na Gregor kyk.
Und er blieb während der gesamten Rede kein einziges Mal stehen.
En hy het nie een keer stilgestaan tydens die toespraak nie.
Er hatte Gregor mit zusammengepressten Lippen angesehen.
Hy het met getuite lippe terug na Gregor gekyk.
Er hatte sich allmählich in Richtung Tür zurückgezogen.
Hy het geleidelik na die deur teruggetrek.
Aber auch er konnte den Blick nicht von Gregor abwenden.
Maar hy kon ook nie sy oë van Gregor afhaal nie.

Er hatte das Gefühl, es gäbe ein geheimes Verbot, den Raum zu verlassen.

Hy het gevoel asof daar 'n geheime verbod was om die kamer te verlaat.

Zu diesem Zeitpunkt befand er sich aber bereits in der Eingangshalle.

Maar teen hierdie stadium was hy reeds in die voorportaal.

Und nun machte er eine plötzliche Bewegung in Richtung Ausgang.

En nou het hy skielik na die uitgang gebeweging.

Er streckte seine rechte Hand in Richtung der Treppe aus.

Hy het sy regterhand na die trappe uitgesteek.

Vielleicht wartete eine übernatürliche Macht darauf, ihn zu retten.

Miskien het 'n bonatuurlike krag gewag om hom te red.

Gregor wusste, dass er ihn so nicht gehen lassen konnte.

Gregor het geweet hy kon hom nie toelaat om so te vertrek nie.

Der Manager darf nicht in der Stimmung zurückkehren, in der er sich befand.

Die bestuurder moenie terugkeer in die bui waarin hy was nie.

Gregors Arbeitsplatz war stark gefährdet.

Die sekuriteit van Gregor se werk was baie in gevaar.

Die Eltern konnten das alles nicht vollständig verstehen.

Die ouers kon dit alles nie ten volle verstaan nie.

Über die Jahre hatten sie sich an seine Arbeitsplatzsicherheit gewöhnt.

Oor die jare het hulle gewoond geraak aan sy werksekerheid.

Und sie waren davon überzeugt, dass er den Job auf Lebenszeit hatte.

En hulle was oortuig dat hy die werk vir die lewe gehad het.

Stattdessen hatten sie sich mit anderen Sorgen beschäftigt.

In plaas daarvan het hulle besig geraak met meer ander bekommernisse.

Doch diese Bedenken führten dazu, dass sie jegliche Weitsicht verloren.

Maar hierdie bekommernisse het daartoe gelei dat hulle alle vooruitsig verloor het.

Gregor hatte jedoch die elterliche Weitsicht nicht verloren.

Gregor het egter nie die ouer se versiendheid verloor nie.

Jemand musste den Bevollmächtigten stoppen.

Iemand moes die gemagtigde verteenwoordiger stop.

Er musste ihn beruhigen und überzeugen.

Hy sou hom moes kalmeer en hom oortuig.

Davon hing die Zukunft von Gregor und seiner Familie ab!

Die toekoms van Gregor en sy gesin het daarvan afgehang!

Wenn doch nur die kluge Schwester da gewesen wäre, um zu helfen.

As die intelligente suster maar net hier was om te help.

Sie hatte schon geweint, als Gregor noch in seinem Zimmer war.

Sy het reeds gehuil toe Gregor nog in sy kamer was.

Zu diesem Zeitpunkt lag er einfach nur ruhig auf dem Rücken.

Op daardie stadium het hy net stil op sy rug gelê.

Sie wusste damals schon um die Bedeutung der Situation.

Sy het toe reeds die belangrikheid van die situasie geweet.

Der Manager hatte bekanntermaßen eine Schwäche für Frauen.

Die bestuurder het 'n bekende sagte plekkie vir vroue gehad.

Sie hätte ihn leicht dazu überreden können, länger zu bleiben.

Sy kon hom maklik oorreed het om langer te bly.

Sie hätte die Tür geschlossen und ihn wieder hineingeführt.

Sy sou die deur toegemaak het en hom terug binnetoe gelei het.

Doch leider war die Schwester bereits aufgebrochen, um einen Arzt zu holen.

Maar ongelukkig het die suster gegaan om 'n dokter te kry.

Deshalb blieb Gregor nichts anderes übrig, als es selbst zu tun.

Daarom het Gregor geen ander keuse gehad as om dit self te doen nie.

Er hatte nicht bedacht, welche Fähigkeiten er tatsächlich besaß.

Hy het nie oorweeg wat sy werklike vermoëns was nie.

Und er hatte vergessen, seiner Fähigkeit zu sprechen zu misstrauen.

En hy het vergeet om sy vermoë om te praat te wantrou.

Dennoch verließ er die Sicherheit seines Zimmers.

Maar nietemin het hy die veiligheid van sy kamer verlaat.

Und er drängte sich durch die Öffnung des Zimmers.

En hy het homself deur die opening van die kamer gestoot.

Der Manager war bereits auf dem Weg die Treppe hinunter.

Die bestuurder was reeds op pad af met die trappe af.

Aber er hielt sich mit beiden Händen am Geländer fest.

Maar hy het met albei hande aan die relings vasgehou.

Gregor stürzte, als er sich durch die Tür schob.

Gregor het geval toe hy homself deur die deur stoot.

Er stieß einen kleinen Schrei aus, als er nach Halt griff.

Hy het 'n sagte gil uitgestoot terwyl hy na ondersteuning gegryp het.

Doch anstatt in Panik zu geraten, verspürte er ein körperliches Wohlbefinden.

Maar eerder as paniek, het hy 'n fisiese welstand gevoel.

Zum ersten Mal an diesem Morgen fühlte sich etwas richtig an.

Vir die eerste keer daardie oggend het iets reg gevoel.

Alle seine Beine standen nun auf festem Boden.

Al sy bene het nou vaste grond onder hulle gehad.

Er war überrascht, wie gut er seine Beine kontrollieren konnte.

Hy was verbaas oor hoe goed hy sy bene kon beheer.

Er freute sich, festzustellen, dass seine Beine ihm vollkommen gehorchten.

Hy was bly om te sien dat sy bene hom volkome gehoorsaam het.

Tatsächlich trugen ihn seine Beine überall hin, wo er hinwollte.

Trouens, sy bene het hom gedra waar hy wou.

Bald würden all seine Sorgen ein Ende finden.
Gou sou al sy smarte tot 'n einde kom.
Doch im selben Augenblick sprang seine eigene Mutter auf.
Maar op dieselfde oomblik het sy eie ma opgespring.
Ihre Arme waren ausgestreckt und ihre Finger gespreizt.
Haar arms was uitgestrek, en haar vingers was versprei.
Und sie schrie: „Hilfe, um Gottes willen, helft mir!"
En sy het uitgeroep: "Help, ter wille van God, iemand help!"
Sie neigte den Kopf; sie wollte Gregor besser sehen.
Sy het haar kop gekantel; sy wou Gregor beter sien.
Doch im Gegensatz zu ihrer ersten Handlung rannte sie zurück.
Maar in sametrekking tot die eerste aksie, het sy teruggehardloop.
Sie hatte vergessen, dass der Tisch hinter ihr gedeckt war.
Sy het vergeet dat die tafel agter haar gedek was.
Alle Speisen fürs Frühstück standen noch auf dem Tisch.
Al die goedjies vir ontbyt was nog op die tafel.
Sie setzte sich hastig auf den Tisch, als sei sie abgelenkt.
Sy het haastig op die tafel gaan sit, asof afgelei.
Und sie schien den verschütteten Kaffee nicht zu bemerken.
En dit lyk nie of sy die gemorste koffie opgemerk het nie.
Der Kaffee, der inzwischen in den Teppich eingezogen war.
Die koffie wat nou in die mat ingetrek het.
„Mutter, Mutter", sagte Gregor leise und blickte zu ihr auf.
"Moeder, moeder," het Gregor saggies gesê en na haar opgekyk.
Im Moment war ihm der Manager nicht wichtig.
Vir die oomblik was die bestuurder nie vir hom belangrik nie.
Aber da war auch noch der Kaffee, der auf den Teppich tropfte.
Maar daar was ook die koffie wat op die mat gedrup het.
Gregor konnte nicht widerstehen und schnappte nach dem Kaffee.
Gregor kon nie weerstaan om sy kakebeen oor die koffie te klap nie.

Die Mutter fing wegen seines Verhaltens wieder an zu weinen.

Die ma het weer begin huil as gevolg van sy gedrag.

Sie sprang vom Tisch, um Abstand von ihm zu gewinnen.

Sy het van die tafel afgespring om haarself van hom te distansieer.

Und sie rannte in die Arme ihres Vaters, um Schutz zu suchen.

En sy het in die arms van die vader gehardloop, vir veiligheid.

Doch Gregor hatte jetzt keine Zeit mehr für seine Eltern.

Maar Gregor het nou geen tyd vir sy ouers gehad nie.

Der zuständige Beamte befand sich bereits auf der Treppe.

Die gemagtigde beampte was reeds op die trappe.

Er hatte sein Kinn auf dem Geländer, um ins Haus zu schauen.

Hy het sy ken op die reling gehad om in die huis in te kyk.

Offenbar wollte er sich das Spektakel noch ein letztes Mal ansehen.

Blykbaar wou hy nog een laaste kykie na die skouspel hê.

Und Gregor unternahm einen letzten Versuch, den Manager zu erreichen.

En Gregor het 'n laaste poging aangewend om die bestuurder te bereik.

Er rannte so sicher wie möglich zur Tür.

Hy het so veilig as wat hy kon na die deur gehardloop.

Aber der Hauptsekretär muss etwas geahnt haben.

Maar die hoofklerk moes iets vermoed het.

Denn er sprang mehrere Stufen hinunter und verschwand.

Omdat hy 'n paar trappies afgespring en verdwyn het.

"Huh!", rief Gregor, und sein Ruf hallte durch das Treppenhaus.

"Huh!" het Gregor geskree, en deur die trappe weergalm.

Die Flucht des Managers schien auch seinen Vater zu verwirren.

Die bestuurder se ontsnapping het ook sy pa verwar.

Bis dahin war es ihm gelungen, recht gefasst zu bleiben.

Hy het tot op daardie stadium daarin geslaag om redelik kalm te bly.

Doch leider verlor auch er die Fassung, die er zuvor besessen hatte.

Maar ongelukkig het hy ook die kalmte verloor wat hy gehad het.

Er hätte Gregor bei seinem Vorhaben helfen sollen.

Wat hy moes gedoen het, is om Gregor in sy strewe te help.

Doch er packte den Gehstock des Managers mit einer Hand.

Maar hy het die bestuurder se kierie in een hand gegryp.

In seiner anderen Hand hielt er nun eine Zeitung.

En in die ander hand het hy nou 'n koerant vasgehou.

Und nun behinderte er Gregor direkt bei seinem Vorhaben.

En hy het Gregor nou direk in sy agtervolging belemmer.

Er hatte sich zwischen Gregor und die Straße gestellt.

Hy het homself tussen Gregor en die straat geplaas.

Er stampfte mit den Füßen auf und fuchtelte mit dem Stock und der Zeitung herum.

Hy het met sy voete gestamp en die stok en koerantpapier geswaai.

Und er zwang Gregor aktiv zurück in sein Zimmer.

En hy het Gregor aktief terug in sy kamer gedwing.

Keine der Bitten, die Gregor äußerte, half.

Nie een van die versoeke wat Gregor probeer maak het, het gehelp nie.

Weil keines seiner Anliegen verstanden wurde.

Omdat geeneen van die versoeke wat hy gerig het, verstaan is nie.

Er wandte den Kopf in eine tiefere, demütigere Haltung.

Hy het sy kop na 'n dieper, meer nederige hoek gedraai.

Doch sein Vater antwortete, indem er noch heftiger mit den Füßen aufstampfte.

Maar sy pa het geantwoord deur nog harder met sy voete te stamp.

Die Mutter öffnete trotz des kühlen Wetters ein Fenster.

Die ma het 'n venster oopgemaak, ten spyte van die koel weer.

Und sie presste ihr Gesicht in die Hände vor Kälte.

En sy het haar gesig in haar hande in die koue gedruk.

Der Wind konnte nun durch die gesamte Wohnung strömen.

Die wind kon nou deur die hele woonstel waai.

Ein starker Luftzug wehte vom Treppenhaus in die Gasse.

'n Sterk trek het van die trap na die stegie gewaai.

Die Vorhänge wurden vom starken Wind hin und her bewegt.

Die gordyne het deur die sterk wind rondgefladder.

Und die Zeitung auf dem Tisch raschelte im Wind.

En die koerant op die tafel het in die wind geritsel.

Sogar einige Blätter wurden von draußen ins Haus geweht.

Selfs sommige blare is van buite af in die huis ingewaai.

Der Vater stampfte mit den Füßen und schob unerbittlich.

Die pa het met sy voete gestamp en meedoënloos gedruk.

Und er zischte und gab Geräusche von sich, wie es ein Wilder tun würde.

En hy het gesis en geluide gemaak soos 'n wilde man sou.

Gregor hatte das Rückwärtsgehen aber noch nicht geübt.

Maar Gregor het nog nie geoefen om agteruit te loop nie.

Selbst Gregor würde zugeben, dass diese Bewegung wesentlich langsamer vonstatten ging.

Selfs Gregor sou erken dat hierdie beweging baie stadiger was.

Doch alles, was er wollte, war die Gelegenheit, umzukehren.

Al wat hy egter wou hê, was die geleentheid om om te draai.

Dann wäre er sofort in sein Zimmer gegangen.

Dan sou hy dadelik na sy kamer gegaan het.

Aber er hatte zu große Angst, seinen Vater ungeduldig zu machen.

Maar hy was te bang om sy pa ongeduldig te maak.

Und es bestand die Drohung mit einem Schlag mit dem Stock.

En daar was die dreigement van 'n hou met die stok.

Ein solcher Schlag auf den Hinterkopf könnte tödlich sein.

So 'n hou teen die agterkop kan noodlottig wees.

Am Ende blieb Gregor jedoch keine andere Wahl.

Maar uiteindelik het Gregor geen ander keuse gehad nie.

Ihm wurde klar, dass er nicht einmal mehr geradeaus rückwärts gehen konnte.

Hy het besef dat hy nie eers reguit agteruit kon loop nie.

Er begann sich so schnell wie möglich umzudrehen.

Hy het so vinnig as wat hy kon begin omdraai.

Doch in Wirklichkeit war diese Drehbewegung genauso langsam.

Maar in werklikheid was hierdie draaibeweging net so stadig.

Und ihm folgten die besorgten Blicke des Vaters.

En hy is gevolg deur die vader se angstige blikke.

Vielleicht bemerkte der Vater Gregors gute Absichten.

Miskien het die vader Gregor se goeie bedoelings opgemerk.

Weil er ihn nicht daran hinderte, sich umzudrehen.

Omdat hy hom nie gesteur het om om te draai nie.

Er benutzte sogar die Spitze seines Stocks, um die Drehung zu steuern.

Hy het selfs die punt van sy stok gebruik om die rotasie te lei.

Gregor wünschte sich aber dennoch, sein Vater hätte ihn nicht angefaucht!

Maar Gregor het steeds gewens die pa het nie vir hom gesis nie!

Das Zischen trug nur noch zur Verwirrung des Augenblicks bei.

Die gesis het net bygedra tot die verwarring van die oomblik.

Und dann unterlief ihm ein Fehler, und er bog in die falsche Richtung ab.

En toe maak hy 'n fout en draai in die verkeerde rigting.

Am Ende gelang es ihm schließlich doch, den richtigen Weg einzuschlagen.

Uiteindelik het hy dit uiteindelik reggekry om die regte pad te vind.

Und er war zufrieden mit den Fortschritten, die er gemacht hatte.

En hy was tevrede met die vordering wat hy gemaak het.

Doch dann trat das nächste Problem noch deutlicher zutage.

Maar toe het die volgende probleem selfs meer duidelik geword.

Sein Körper war zu breit, um problemlos durch die Tür zu passen.

Sy lyf was te wyd om maklik deur die deur te pas.

In seinem jetzigen Zustand bemerkte der Vater dies nicht.

In sy huidige toestand het die pa dit nie opgemerk nie.

Deshalb kam es ihm nicht in den Sinn, die Tür weiter zu öffnen.

Dit het dus nie by hom opgekom om die deur verder oop te maak nie.

Dann wäre genügend Platz für Gregor gewesen.

Dan sou daar genoeg plek vir Gregor gewees het.

Seine einzige Priorität war es, Gregor in sein Zimmer zu bringen.

Sy enigste prioriteit was om Gregor in sy kamer te kry.

Er hätte aufstehen müssen, um durch die Tür zu passen.

Hy sou moes opstaan om deur die deur te pas.

Der Vater hätte ein solches Manöver jedoch nicht zugelassen.

Maar die pa sou nie so 'n maneuver toegelaat het nie.

Tatsächlich fauchte er ihn noch heftiger an als zuvor.

Trouens, hy het selfs wilder as voorheen na hom gesis.

Es klang nach mehr als nur einem Mann, der ihn anzischt.

Dit het geklink soos meer as net een man wat na hom sis.

Seine Forderungen schienen nun an Dringlichkeit gewonnen zu haben.

Sy eise het blykbaar 'n nuwe dringendheid agter hulle gehad.

Für Spielereien war jetzt wirklich keine Zeit mehr.

Daar was nou regtig nie meer tyd vir rondmors nie.

Was auch immer geschah, Gregor musste durch die Tür gelangen.

Wat ook al gebeur het, Gregor moes deur die deur kom.

Er kämpfte sich ohne jegliche Rücksicht auf sich selbst durch.

Hy het homself deurgedruk sonder enige selfagting.

Durch die Bewegung wurde eine Seite seines Körpers nach oben gedrückt.

Een kant van sy liggaam is deur die beweging opwaarts
gedwing.
Und er lag unbeholfen und schief zwischen den Türrahmen.
En hy het ongemaklik en skeef tussen die deuropening gelê.
Eine seiner Flanken war am Holz wundgescheuert.
Een van sy flanke was rou teen die hout gevryf.
**Und er hatte hässliche Flecken auf der weiß gestrichenen
Tür hinterlassen.**
En hy het lelike vlekke op die witgeverfde deur gelaat.
**Auf einer Seite seines Körpers hingen die Beine zitternd in
der Luft.**
Die bene aan een van sy sye het bewerig in die lug gehang.
**Seine anderen Beine drückten schmerzhaft gegen den
Boden.**
Sy ander bene was pynlik in die vloer gedruk.
**Bald würde er vollständig zwischen den Türen eingeklemmt
sein.**
Binnekort sou hy heeltemal tussen die deur vasgevang wees.
**Und dann hätte er sich überhaupt nicht mehr bewegen
können.**
En dan sou hy glad nie kon beweeg nie.
**Doch der Vater gab ihm einen wahrhaft befreienden,
starken Anstoß.**
Maar die pa het hom 'n werklik bevrydende sterk stoot gegee.
Und er stürzte, stark blutend, tief in sein Zimmer hinein.
En hy het, hewig bloeiend, diep in sy kamer geval.
Der Vater knallte die Tür hinter sich mit seinem Stock zu.
Die pa het die deur agter hom met sy stok toegeslaan.
Und dann kehrte endlich wieder Ruhe ein.
En toe was daar uiteindelik weer 'n bietjie rus en vrede.

<h1 style="text-align:center">Teil Zwei
Deel Twee</h1>

Gregor wachte erst viel später am Tag auf.

Gregor het eers baie later in die dag wakker geword.

Die Dämmerung war hereingebrochen; er hatte tief und fest geschlafen.

Die skemer het geval; hy het swaar en bewusteloos geslaap.

Er wäre auch ohne Störung aufgewacht.

Hy sou wakker geword het selfs sonder om gesteur te word.

Denn er fühlte sich ausreichend ausgeruht und gut geschlafen.

Omdat hy wel voldoende uitgerus en goed geslaap gevoel het.

Aber er glaubte, draußen flüchtige Schritte zu hören.

Maar hy het gedink hy hoor 'n paar vlietende treë buite.

Und vielleicht hat jemand die Haustür sorgfältig geschlossen.

En iemand het dalk die voordeur versigtig toegemaak.

Das Licht der elektrischen Straßenbahn lag blass an der Decke.

Die lig van die elektriese trem het vaal op die plafon gelê.

Auch die Oberseite der Möbel wurde ein wenig beleuchtet.

Die bokant van die meubels het ook 'n bietjie lig gekry.

Doch unten am Boden, auf Gregors Höhe, war es dunkel.

Maar onder op die grond, op Gregor se vlak, was dit donker.

Seine Beine schoben ihn langsam wieder in Richtung Tür.

Sy bene het hom stadig weer na die deur toe gestoot.

Er war sehr neugierig, zu sehen, was dort geschehen war.

Hy was baie nuuskierig om te sien wat daar gebeur het.

Seine Kontrolle über seine Fühler war jedoch noch nicht entwickelt.

Maar sy beheer oor sy voelers was nog nie ontwikkel nie.

Obwohl er diese neuen Sensoren allmählich zu schätzen begann.

Alhoewel hy hierdie nuwe sensors begin waardeer het.

Eine lange, unansehnliche Narbe schien seine linke Seite hinunterzulaufen.

'n Lang onaangename litteken het gelyk of dit langs sy linkerkant afloop.

Die Narbe fühlte sich an, als würde sie diese Seite seines Körpers einengen.

Die litteken het gevoel asof dit aan daardie kant van sy lyf stywer trek.

Und so musste er buchstäblich auf seinen zwei Beinreihen humpeln.

En so moes hy letterlik op sy twee rye bene mank loop.

Eines seiner Beine war an diesem Morgen schwer verletzt worden.

Een van sy bene was daardie oggend ernstig beseer.

Es war wirklich ein Wunder, dass er sich nicht noch mehr Beine gebrochen hatte.

Dit was regtig 'n wonderwerk dat hy nie meer bene gebreek het nie.

Und so schleppte er sein verletztes Bein leblos hinter sich her.

En so het hy sy beseerde been leweloos agter hom gesleep.

Als er die Tür erreichte, erkannte er etwas Tiefgreifendes.

Toe hy by die deur kom, het hy iets diepgaandes besef.

Es war der Geruch von etwas, der ihn dorthin gelockt hatte.

Dit was die reuk van iets wat hom daarheen gelok het.

In Gregors Zimmer war etwas Essbares für ihn hinterlassen worden.

Iets eetbaars is vir Gregor in sy kamer gelaat.

Stückchen Weißbrot schwimmen in einer Schüssel mit süßer Milch.

Stukkies witbrood dryf in 'n bak soet melk.

Er konnte seine innere Freude kaum verbergen.

Hy kon skaars die vreugde wat binne hom was, bedwing.

Er war jetzt noch hungriger als am Morgen.

Hy was nou selfs hongerder as in die oggend.

Er tauchte sofort seinen Kopf in die Schüssel mit Milch.

Hy het dadelik sy kop in die bak melk gesteek.

Die Milch quoll ihm fast über den ganzen Kopf, bis zu den Augen.

Die melk het amper deur sy hele kop uitgekom, tot by sy oë.
Doch schon bald riss er den Kopf zurück, bitter enttäuscht.
Maar hy het gou sy kop agteroor getrek, bitter teleurgesteld.
Das Essen war aufgrund seiner empfindlichen linken Seite schwierig.
Eet was moeilik as gevolg van sy delikate linkerkant.
Und er konnte nur essen, indem er mit dem ganzen Körper keuchte.
En hy kon net eet deur met sy hele liggaam te hyg.
Das war jedoch nicht der wahre Grund für seine Enttäuschung.
Maar dit was nie die ware rede vir sy teleurstelling nie.
Milch war schon immer eines seiner Lieblingsgerichte gewesen.
Melk was nog altyd een van sy gunstelinggeregte.
Er hatte keinen Zweifel daran, dass seine Schwester sich daran erinnerte.
Hy het geen twyfel gehad dat sy suster dit onthou het nie.
Und das war der Grund, warum sie ihm Milch gegeben hatte.
En dit was die rede waarom sy hom melk gegee het.
Er konnte nicht erklären, warum er Milch jetzt nicht mehr mochte.
Hy kon nie verduidelik hoekom hy nou nie van melk hou nie.
Und er wandte sich fast widerwillig von der Schüssel ab.
En hy het amper met teësinnigheid van die bak af weggedraai.
Enttäuscht kroch er zurück in die Mitte des Raumes.
Teleurgesteld kruip hy terug na die middel van die kamer.
Hier konnte er durch den Türspalt hindurchsehen.
Hier kon hy deur die kraak in die deur sien.
Er konnte sehen, dass im Wohnzimmer das Feuer brannte.
Hy kon sien dat die vuur in die sitkamer aangesteek was.
Gewöhnlich las der Vater um diese Zeit die Zeitung.
Gewoonlik lees die pa in hierdie tyd die koerant.
Er las seiner Mutter immer mit erhobener Stimme vor.
Hy het altyd met verhewe stem vir die ma voorgelees.
Manchmal lauschte auch die Schwester dem Vater.

Soms het die suster ook na die pa geluister.

Sie hatte Gregor immer von diesem Vorlesen erzählt.

Sy het Gregor altyd van hierdie voorlesing vertel.

Doch heute war aus dem Zimmer kein Laut zu hören.

Maar vandag was daar geen geluid uit die kamer nie.

Vielleicht war diese Gewohnheit bereits in Vergessenheit geraten.

Miskien het hierdie gewoonte reeds uit die praktyk gegaan.

Eine tiefe Stille hatte sich über die gesamte Wohnung gelegt.

'n Diep stilte het oor die hele woonstel neergesak.

Obwohl er wusste, dass die Wohnung ganz sicher nicht leer war.

Alhoewel hy geweet het die woonstel was beslis nie leeg nie.

„Was für ein ruhiges Leben die Familie doch führte", dachte Gregor.

"Wat 'n stil lewe lei die gesin tog," het Gregor gedink.

Und er blickte mit großem Stolz in die Dunkelheit.

En hy het met groot trots in die donkerte gestaar.

Er war stolz auf das Leben, das er ihnen hatte ermöglichen können.

Hy was trots op die lewe wat hy hulle kon gee.

Er war stolz auf die schöne Wohnung, in der sie lebten.

Hy was trots op die pragtige woonstel waarin hulle gewoon het.

Doch sollte dieser Frieden nun ein schreckliches Ende nehmen?

Maar sou al hierdie vrede tot 'n verskriklike einde kom?

Würde man ihnen ihren Wohlstand nehmen?

Sou hulle voorspoed van hulle weggeneem word?

War ihre Zufriedenheit nun in Zukunft ungewiss?

Was hulle tevredenheid nou onseker in die toekoms?

Doch er wollte sich nicht in solchen Gedanken verlieren.

Maar hy wou homself nie in sulke gedagtes verloor nie.

Um sich die Zeit zu vertreiben, kroch er die Wände rauf und runter.

Om homself besig te hou, het hy teen die mure op en af gekruip.

Im Laufe des langen Abends wurde eine Tür einen Spalt breit geöffnet.

Gedurende die lang aand is een deur effens oopgemaak.

Und zu einem anderen Zeitpunkt öffnete sich die andere Tür einen Spaltbreit.

En op 'n ander tyd het die ander deur 'n bietjie oopgegaan.

Doch beide Male wurden die Türen schnell wieder geschlossen.

Maar albei kere is die deure vinnig weer toegemaak.

Offenbar hatte jemand draußen den Wunsch, hereinzukommen.

Dit was duidelik dat iemand van buite die begeerte gehad het om in te kom.

Aber sie hatten auch zu viele Bedenken, hereinzukommen.

Maar hulle het ook te veel bekommernisse gehad oor die inkom.

Gregor blieb nun direkt vor der Wohnzimmertür stehen.

Gregor het nou direk by die sitkamerdeur stilgehou.

Er war fest entschlossen, den zögernden Besucher irgendwie zu verführen.

Hy was vasbeslote om die huiwerige besoeker op die een of ander manier te versoek.

Und er wollte auch wissen, wer der Besucher gewesen war.

En hy wou ook weet wie die besoeker was.

Doch an diesem Abend wurde die Tür kein drittes Mal geöffnet.

Maar daardie aand is die deur nie 'n derde keer oopgemaak nie.

Und Gregor verbrachte seine Zeit vergeblich damit, an der Tür zu warten.

En Gregor het tevergeefs sy tyd by die deur deurgebring om te wag.

Früher am Tag wollten sie alle in den Raum kommen.

Vroeër daardie dag wou hulle almal die kamer binnekom.

Jetzt, da die Türen unverschlossen waren, würde es ihnen leichter fallen.

Noudat die deure oopgesluit was, sou dit makliker vir hulle
wees.

**Aber sie entschieden sich dafür, auf der anderen Seite des
Raumes zu bleiben.**

Maar hulle het gekies om aan die ander kant van die kamer te
bly.

**Gregor bemerkte, dass die Schlüssel nicht mehr in ihren
Schlössern steckten.**

Gregor het opgemerk dat die sleutels nie meer in hul slotte
was nie.

**Jemand muss die Schlüssel zum Außenschloss umgesteckt
haben.**

Iemand moes die sleutels na die buiteslot geskuif het.

**Erst spät in der Nacht wurde das Licht im Wohnzimmer
ausgeschaltet.**

Eers laat in die nag is die sitkamerlig afgeskakel.

Die Familie muss die ganze Zeit wach geblieben sein.

Die gesin moes die hele tyd wakker gebly het.

**Und Gregor konnte deutlich hören, wie sie sich auf
Zehenspitzen davonschlichen.**

En Gregor kon hulle duidelik hoor wegstap.

Nun würde bis zum Morgen niemand zu Gregor kommen.

Nou sou niemand tot die oggend na Gregor kom nie.

So hatte er lange Zeit für sich, um ungestört nachzudenken.

So het hy 'n lang tyd vir homself gehad, om ongestoord te
dink.

Wie könnte man sein Leben jetzt am besten neu ordnen?

Wat sou die beste manier wees om sy lewe nou te
herorganiseer?

Doch die hohen Wände des leeren Zimmers ängstigten ihn.

Maar die hoë mure van die leë kamer het hom bang gemaak.

**Ihm blieb keine andere Wahl, als sich flach auf den Boden
zu legen.**

Hy het geen ander keuse gehad as om homself plat op die
grond te lê nie.

**Und er fand in diesem Raum niemals die Ursache seiner
Angst.**

En hy het nooit die oorsaak van sy vrees in daardie ruimte gevind nie.

Es war dasselbe Zimmer, in dem er seit fünf Jahren lebte.

Dit was dieselfde kamer waarin hy vyf jaar lank gewoon het.

Halb bewusst machte er eine Bewegung in Richtung Sofa.

Halfbewustelik het hy 'n beweging na die bank gemaak.

Und ohne jede Scham versteckte er sich unter dem Sofa.

En sonder enige skaamte het hy homself onder die bank weggekruip.

Dort unten fühlte er sich sofort wieder sehr wohl.

Daar onder het hy dadelik weer baie gemaklik gevoel.

Obwohl sein Rücken etwas gequetscht war.

Ten spyte van die feit dat sy rug effens gedruk was.

Auch unter dem Sofa konnte er seinen Kopf nicht mehr heben.

Hy kon ook nie meer sy kop onder die bank oplig nie.

Aber selbst das zog er einem Aufenthalt im Freien vor.

Maar selfs dit het hy verkies om in enige oop area te wees.

Er bedauerte jedoch, dass sein Körper so breit war.

Hy het egter spyt gehad dat sy lyf so wyd was.

Das Sofa konnte seinen ganzen Körper nicht vollständig bedecken.

Die bank kon nie sy hele liggaam heeltemal bedek nie.

Er blieb die ganze Nacht unter dem Sofa.

Hy het die hele nag onder die bank gebly.

Die Nacht verbrachte er halb schlafend, geplagt von seinem Hunger.

Die nag het hy half aan die slaap deurgebring, versteur deur sy honger.

Und die Zeit, die er wach war, verbrachte er entweder in Sorgen oder in Hoffnung.

En die tyd wat hy wakker was, het hy óf bekommerd óf hoopvol deurgebring.

Doch all seine vagen Hoffnungen führten zu demselben Schluss.

Maar al sy vae hoop het tot dieselfde gevolgtrekking gelei.

Ihm blieb nichts anderes übrig, als vorerst zu schweigen.

Hy het geen ander keuse gehad as om vir eers stil te bly nie.
Er musste der Familie gegenüber Geduld und Rücksichtnahme zeigen.
Hy moes geduld en bedagsaamheid teenoor die familie toon.
Es war die einzige Möglichkeit, die Unannehmlichkeiten erträglich zu machen.
Dit was die enigste manier om die ongerief draaglik te maak.
Die Unannehmlichkeiten, die er nun der Familie auferlegte.
Die ongerief wat hy nou op die familie afgedwing het.
Er musste nicht lange warten, um sein Mitgefühl unter Beweis zu stellen.
Hy hoef nie lank te wag om sy medelye te bewys nie.
Früh am Morgen schaute die Schwester in sein Zimmer.
Vroegoggend het die suster in sy kamer gekyk.
Obwohl es eigentlich genauso viel Nacht wie Morgen war.
Alhoewel dit eintlik net soveel nag as oggend was.
Sie war vollständig angezogen und schien aufgeregt zu sein.
Sy was volledig aangetrek en het gelyk of sy opgewonde was.
Die Tragfähigkeit seiner neu getroffenen Entscheidung könnte sich bewähren.
Die krag van sy nuutgeneemde besluit kon getoets word.
Sie entdeckte ihn nicht sofort auf Anhieb.
Sy het hom nie dadelik met haar eerste oogopslag gevind nie.
Er musste irgendwo sein; weggeflogen konnte er nicht sein.
Hy moes êrens wees; hy kon nie weggevlieg het nie.
Doch dann schweifte ihr Blick ein zweites Mal durch den Raum.
Maar toe het haar oë 'n tweede keer oor die kamer gekyk.
Und dieses Mal entdeckte sie seinen Oberkörper unter dem Sofa.
En hierdie keer het sy sy torso onder die bank gewaar.
Sie war so verängstigt, dass sie jegliche Selbstbeherrschung verlor.
Sy was so bang dat sy alle selfbeheersing verloor het.
Und ihre erste Reaktion war, die Tür wieder zuzuschlagen.
En haar eerste reaksie was om die deur weer toe te slaan.
Doch sie schien ihr Verhalten auch sofort zu bereuen.

Maar dit het ook gelyk of sy dadelik spyt was oor haar gedrag.

Kaum hatte sie die Tür zugeschlagen, öffnete sie sie auch schon wieder.

Sodra sy die deur toegeslaan het, het sy dit weer oopgemaak.

Und diesmal schlich sie sich leise auf Zehenspitzen in den Raum.

En hierdie keer het sy saggies op haar tone die kamer binnegestap.

Sie bewegte sich, als ob sie eine schwerkranke Person besuchen würde.

Sy het beweeg asof sy 'n ernstig siek persoon besoek het.

Oder sie könnte einen völlig Fremden besucht haben.

Of sy het dalk 'n vreemdeling besoek.

Gregor drückte seinen Kopf fast bis an den Rand des Sofas.

Gregor het sy kop amper tot by die rand van die bank gestoot.

Und von unterhalb des Tresors beobachtete er sie im Zimmer.

En van onder die kluis het hy haar in die kamer dopgehou.

Würde sie bemerken, dass er die Milch stehen gelassen hatte?

Sou sy agterkom dat hy die melk gelos het?

Er hatte die Milch nicht etwa aus Mangel an Hunger stehen gelassen.

Hy het nie die melk gelos nie weens enige gebrek aan honger.

Wollte sie ihm stattdessen anderes Essen bringen?

Sou sy eerder vir hom ander kos bring?

Vielleicht ein Gericht, das seinen Vorlieben besser entsprach.

Miskien 'n gereg wat beter by sy voorkeure gepas het.

Aber sie hätte seinen Appetit selbst bemerken müssen.

Maar sy sou self sy eetlus moes raaksien.

Er wäre lieber verhungert, als sie davon erfahren zu lassen.

Hy sou liewer uitgehonger het as om haar daarvan bewus te maak.

Eigentlich hätte er es ihr sehr gerne gesagt.

Eintlik sou hy dit baie graag vir haar wou sê.

Er war wirklich versucht, unter dem Sofa hervorzuschießen.

Hy was regtig in die versoeking om onder die bank uit te skiet.

Er wollte sich seiner Schwester zu Füßen werfen.

Hy wou homself aan sy suster se voete neergooi.

Und er wollte sie um etwas Leckeres zu essen bitten.

En hy wou haar vra vir iets lekkers om te eet.

Doch dann blickte die Schwester zu der Schüssel mit Milch.

Maar toe kyk die suster na die bak melk.

Sie bemerkte sofort, dass die Schüssel noch voll war.

Sy het dadelik opgemerk dat die bak steeds vol was.

Sie war ziemlich überrascht, dass Gregor nichts gegessen hatte.

Sy was nogal verbaas dat Gregor niks geëet het nie.

Nur ein wenig Milch war auf den Boden verschüttet worden.

Net 'n bietjie melk was op die vloer gemors.

Sie nahm sofort die Schüssel und trug sie hinaus.

Sy het dadelik die bak opgetel en dit uitgedra.

Er sah, dass sie die Schüssel nicht mit bloßen Händen aufgehoben hatte.

Hy het gesien sy het nie die bak met haar kaal hande opgetel nie.

Stattdessen hob sie die Schüssel mit einem der Lappen hoch.

In plaas daarvan het sy die bak met een van die lappe opgetel.

Gregor vergaß dieses kleine Detail jedoch sehr schnell.

Maar Gregor het baie vinnig van hierdie klein detailtjie vergeet.

Er war nun von etwas ganz anderem viel begeisterter.

Hy was nou baie meer opgewonde oor iets anders.

Was könnte sie als Ersatz für die Milch mitbringen?

Wat kan sy as plaasvervanger vir die melk bring?

Er hatte verschiedene Vermutungen darüber, was sie wohl mitbringen könnte.

Hy het verskillende gedagtes gehad oor wat sy sou kon bring.

Doch die Güte seiner Schwester übertraf seine Erwartungen.

Maar sy suster se vriendelikheid het sy verwagtinge oortref.

Ihr wurde klar, dass sie herausfinden musste, was seine neuen Vorlieben waren.

Sy het besef sy moes toets wat sy nuwe smaak was.

Deshalb brachte sie eine ganze Auswahl an verschiedenen Speisen mit.

So sy het 'n hele verskeidenheid verskillende kosse gebring.

Halbverfaultes Gemüse, Knochen vom Abendessen.

Halfvrot groente, bene van die aandete.

Die eingedickte Soße von der anderen Mahlzeit, die sie gegessen hatten.

Gestolde sous van die ander maaltyd wat hulle geëet het.

Ein paar Rosinen, einige Mandeln, trockenes Brot, Butterbrot.

'n Paar rosyne, 'n paar amandels, droë brood, botterbrood.

Etwas Brot, das mit Butter bestrichen und gesalzen war.

Brood wat met botter en ook met sout gesmeer was.

Käse, den Gregor vor zwei Tagen noch für ungenießbar erklärt hatte.

Kaas wat Gregor twee dae gelede oneetbaar verklaar het.

Die gesamte Auswahl an Speisen wurde auf einer Zeitung ausgelegt.

Al hierdie keuse van kos is op 'n koerant geplaas.

Und sie stellte auch eine Schüssel mit Wasser neben seine Mahlzeiten.

En sy het ook 'n bak water langs sy etes neergesit.

Sie wusste, dass Gregor nicht vor ihr gegessen hätte.

Sy het geweet Gregor sou nie voor haar geëet het nie.

Aus Respekt vor ihm verließ sie deshalb wieder den Raum.

So uit respek vir hom het sy weer die kamer verlaat.

Und sie hat beim Weggehen sogar den Schlüssel im Schloss umgedreht.

En sy het selfs die sleutel in die slot gedraai toe sy weg is.

Aber sie drehte den Schlüssel ganz leise und vorsichtig um.

Maar sy het die sleutel baie stil en versigtig gedraai.

Auf diese Weise würde nur Gregor wissen, dass die Tür verschlossen war.

Só sou net Gregor weet dat die deur gesluit was.

Nun konnte er es sich so bequem machen, wie er wollte.

Nou kon hy homself so gemaklik maak as wat hy wou.

Gregors Beine surrten, als es Zeit zum Essen war.

Gregor se bene het gegons toe dit tyd was om te eet.

Bemerkenswert ist, dass er keinerlei Beschwerden mehr verspürte.

Dit is opmerklik dat hy geen ongemak meer gevoel het nie.

Seine Wunden müssen bereits vollständig verheilt sein.

Sy wonde moes reeds heeltemal genees het.

Weil er seine früheren Behinderungen nicht mehr spürte.

Omdat hy nie meer sy vorige gestremdhede gevoel het nie.

Seine neue Fähigkeit zu heilen überraschte und verblüffte ihn.

Sy nuwe vermoë om te genees het hom verras en verstom.

Vor mehr als einem Monat schnitt er sich mit einem Messer in den Finger.

Meer as 'n maand gelede het hy sy vinger met 'n mes gesny.

Bis vor zwei Tagen schmerzte ihn diese Wunde noch.

Tot twee dae gelede het daardie wond hom steeds seergemaak.

„Bin ich jetzt viel weniger empfindlich?", dachte er bei sich.

"Is ek nou baie minder sensitief?" het hy by homself gedink.

Inzwischen lutschte er gierig an dem Käse.

Teen hierdie tyd het hy reeds gulsig aan die kaas gesuig.

Er fühlte sich vom Käse mehr angezogen als von den anderen Speisen.

Hy was meer tot die kaas aangetrokke as die ander kos.

Er aß schnell ein Stück Käse nach dem anderen.

Hy het vinnig die een stukkie kaas na die ander geëet.

Beim Genuss des Geschmacks traten ihm vor Zufriedenheit die Tränen in die Augen.

Sy oë het getraan van tevredenheid met die smaak daarvan.

Nach dem Käse aß er das Gemüse und die Soße.

Na die kaas het hy die groente en die sous geëet.

Das frische Essen schmeckte ihm jedoch nicht.

Die vars kos het egter nie vir hom lekker gesmaak nie.

Tatsächlich konnte er nicht einmal den Geruch von frischen Lebensmitteln ertragen.

Trouens, hy kon nie eens die reuk van vars kos verdra nie.

Er hat sogar die anderen Lebensmittel von den frischen Lebensmitteln weggezerrt.
Hy het selfs die ander kos van die vars kos weggesleep.
Und im Nu hatte er auch noch das Essbare aufgegessen.
En baie vinnig het hy die mees eetbare kos klaargemaak.
Das ganze leckere Essen hatte eine schläfrig machende Wirkung auf ihn.
Al die heerlike kos het 'n slaapverwekkende uitwerking op hom gehad.
Und er lag träge an der Stelle, wo er gegessen hatte.
En hy het lui gelê op die plek waar hy geëet het.
Schließlich kam seine Schwester zurück, um noch einmal nach ihm zu sehen.
Uiteindelik het sy suster teruggekom om hom weer te kom besoek.
Sie hatte die Weitsicht, den Schlüssel ganz langsam umzudrehen.
Sy het die vooruitsig gehad om die sleutel baie stadig te draai.
Dies war für Gregor ein Warnsignal, sich zurückzuziehen.
Dit het Gregor 'n waarskuwing gegee dat hy moes onttrek.
Benommen und erschrocken huschte er zurück unter das Sofa.
Verstom en verskrik het hy haastig terug onder die bank ingeklim.
Doch diesmal war es nicht so einfach, unter dem Sofa zu bleiben.
Maar om onder die bank te bly was hierdie keer nie so maklik nie.
Sein Körper war durch das viele Essen etwas runder geworden.
Sy lyf het effens rond geword van al die kos.
Und er musste sich beherrschen, nicht wieder auszulaufen.
En hy moes homself beheer om nie weer uit te hardloop nie.
Auch wenn die Schwester nicht lange im Zimmer blieb.
Al het die suster nie lank in die kamer gebly nie.
In dem engen Raum rang er nach Luft.
Hy het gesukkel om asem te haal onder daardie nou ruimte.

Doch er überwand die kurzen Anfälle von Atemnot.

Maar hy het deur die klein verstikkingsbuie gedruk.

Mit aufgerissenen Augen beobachtete er die Aktivitäten der Schwester.

Met uitpeuloë het hy die suster se aktiwiteite dopgehou.

Die ahnungslose Schwester schüttete alles in einen Eimer.

Die niksvermoedende suster het alles in 'n emmer gegooi.

Sie entsorgte nicht nur das Essen, das Gregor nicht gegessen hatte.

Sy het nie net die kos wat Gregor nie geëet het nie, weggegooi nie.

Aber sie entsorgte auch das Essen, das er nicht angerührt hatte.

Maar sy het ook weggegooi as die kos wat hy nie aangeraak het nie.

Offenbar war dieses Essen nun für niemanden mehr genießbar.

Blykbaar was daardie kos nou nie meer vir enigiemand eetbaar nie.

Anschließend verschloss sie den Futtereimer mit einem Holzdeckel.

Sy het toe die kosemmer met 'n houtdeksel toegemaak.

Und mit dem Essen, dem Eimer und dem Wischmopp ging sie.

En met die kos, die emmer en die mop, is sy weg.

Gregor hätte nicht mehr lange warten können.

Gregor sou nie veel langer kon wag nie.

Sobald sie weg war, entkam er unter dem Sofa hervor.

Sodra sy weg was, het hy onder die bank uitgevlug.

Und er streckte sich aus und atmete erleichtert auf.

En hy het homself uitgestrek en van verligting gesug.

So erhielt Gregor von nun an regelmäßig seine Nahrung.

Só het Gregor van nou af kos ontvang.

Seine Schwester gab ihm einmal früh am Morgen etwas zu essen.

Sy suster het hom eenkeer vroeg in die oggend kos gegee.

Zu dieser Stunde schliefen die Eltern und das Dienstmädchen noch.

Op hierdie uur het die ouers en die bediende nog geslaap.

Und er erhielt eine zweite Mahlzeit, nachdem alle anderen bereits zu Mittag gegessen hatten.

En hy het 'n tweede maaltyd ontvang nadat almal middagete geëet het.

Denn zu dieser Zeit schliefen die Eltern auch eine Weile.

Want destyds het die ouers ook 'n rukkie geslaap.

Und das Dienstmädchen wurde von der Schwester mit einer Besorgung weggeschickt.

En die diensmeisie is deur die suster vir een of ander sending weggestuur.

Sie hatten ganz sicher nicht die Absicht, Gregor verhungern zu lassen.

Hulle het beslis geen voorneme gehad om Gregor uit te honger nie.

Aber sie hätten ihm auch nicht beim Essen zusehen wollen.

Maar hulle sou ook nie wou sien hoe hy eet nie.

Die Angaben der Schwester reichten als Information aus.

Wat die suster genoem het, was genoeg inligting.

Vielleicht war es ihre Art, den Eltern den Kummer zu ersparen.

Miskien was dit haar manier om die ouers die hartseer te spaar.

Sie hatten unter seinen Taten schon genug gelitten.

Hulle het reeds genoeg onder sy dade gely.

Der erste Tag verblasste langsam zu einer fernen Erinnerung.

Die eerste dag het stadig maar seker 'n vae herinnering geword.

Gregor hatte keine Möglichkeit zu erfahren, was an diesem Tag geschah.

Gregor het geen manier gehad om te weet wat daardie dag gebeur het nie.

Wie wurde der Schlüsseldienstmitarbeiter aus der Wohnung geleitet?

Hoe is die slotmaker uit die woonstel gelei?

Mit welchen Ausreden war der Arzt schließlich zufrieden?

Met watter verskonings was die dokter uiteindelik tevrede?

Er hatte keinen Weg gefunden, sich verständlich zu machen.

Hy het geen manier gevind om homself verstaanbaar te maak nie.

Es gelang ihm nicht einmal, mit seiner Schwester zu kommunizieren.

Hy het nie eens daarin geslaag om met sy suster te kommunikeer nie.

Und so dachten sie, er könne sie nicht verstehen.

En so het hulle gedink dat hy hulle nie kon verstaan nie.

Und deshalb wurde auch kein Versuch unternommen, mit ihm zu sprechen.

En daarom is geen poging aangewend om met hom te praat nie.

Seine Schwester kam jeden Morgen und jeden Mittag in sein Zimmer.

Sy suster het elke oggend en middagete in sy kamer gekom.

Doch er musste sich damit begnügen, ihre Seufzer zu hören.

Maar hy moes homself tevrede stel met die aanhoor van haar sugte.

Später gewöhnte sie sich dann doch etwas mehr an Gregors Gestalt.

Later het sy wel 'n bietjie meer gewoond geraak aan Gregor se vorm.

Und sie fühlte sich etwas freier, weitere Bemerkungen zu machen.

En sy het 'n bietjie meer vryheid gevoel om meer opmerkings te maak.

(Obwohl sie sich nie ganz an ihn gewöhnen würde.)

(Alhoewel sy nooit heeltemal aan hom gewoond sou raak nie.)

Und dann fühlte sich Gregor wieder etwas mehr angesprochen.

En toe voel Gregor weer 'n bietjie meer aangespreek.

Und er nahm wahr, was er als freundliche Kommentare empfand.
En hy het opgevang wat hy as vriendelike opmerkings beskou het.
„Ihm hat das Essen heute geschmeckt" oder „Er hat alles aufgegessen".
"Hy het vandag sy kos geniet," of "hy het alles geëet."
Das war aber erst der Fall, nachdem er sein gesamtes Essen aufgegessen hatte.
Maar dit was eers toe hy al sy kos geëet het.
Doch in letzter Zeit kam dies immer seltener vor.
Maar onlangs het dit al hoe meer ongereeld geword.
„Er hat sein Essen kaum angerührt", sagte sie jetzt immer öfter.
"Hy het skaars aan sy kos geraak," het sy nou meer gereeld gesê.
Und jedes Mal schwang ein Hauch von Traurigkeit in ihrer Stimme mit.
En daar was elke keer 'n tikkie hartseer in haar stem.
Gregor konnte keine anderen Nachrichten direkter empfangen.
Gregor kon geen ander nuus meer direk hoor nie.
Aber er hörte viele Neuigkeiten aus den angrenzenden Zimmern mit.
Maar hy het baie nuus uit die aangrensende kamers gehoor.
Als er Stimmen hörte, rannte er zur entsprechenden Tür.
Toe hy stemme hoor, hardloop hy na die ooreenstemmende deur.
Und er presste seinen ganzen Körper gegen die Tür, um zu hören.
En hy het sy hele liggaam teen die deur gedruk om te hoor.
Alle Gespräche drehten sich in irgendeiner Weise um ihn.
Alle gesprekke het hom op die een of ander manier geraak.
Selbst wenn es scheinbar um etwas ganz anderes ging.
Selfs toe die onderwerp oor iets anders gelyk het.
Diese Beobachtung traf insbesondere in der Anfangszeit zu.
Hierdie waarneming was veral waar in die vroeë dae.

Bei jeder Mahlzeit wiederholten sie die gleiche Diskussion.
Tydens elke ete het hulle dieselfde bespreking herhaal.
Sie waren sich noch immer unsicher, wie sie sich ihm gegenüber verhalten sollten.
Hulle was steeds onseker oor hoe om hulle rondom hom te gedra.
Das gleiche Thema wurde aber auch zwischen den Mahlzeiten besprochen.
Maar dieselfde onderwerp is ook tussen maaltye bespreek.
Weil immer zwei Familienmitglieder zu Hause waren.
Omdat daar altyd twee familielede by die huis was.
Niemand wollte allein im Haus bleiben.
Niemand wou alleen in die huis bly nie.
Aber die Wohnung leer stehen zu lassen, kam auch nicht in Frage.
Maar om die woonstel leeg te laat, was ook buite die kwessie.
Das Dienstmädchen war die Einzige, die nicht an die Wohnung gebunden war.
Die bediende was die enigste wat nie aan die woonstel gebonde was nie.
Sie hatte bereits am ersten Tag darum gebeten, gehen zu dürfen.
Sy het reeds op die heel eerste dag gevra om te vertrek.
Sie kniete nieder und flehte darum, entlassen zu werden.
Sy het op haar knieë geval en gesmeek om ontslaan te word.
Die Familie wusste nicht, wie viel das Dienstmädchen tatsächlich wusste.
Die familie het nie geweet hoeveel die bediende eintlik geweet het nie.
Zu diesem Zeitpunkt hatte sie nicht mehr gesehen als alle anderen.
Op daardie stadium het sy nie meer as enigiemand anders gesien nie.
Was geschehen war, blieb der Familie weiterhin ein Rätsel.
Wat gebeur het, was steeds 'n raaisel vir die familie.
Doch eine Viertelstunde später verabschiedete sie sich.
Maar 'n kwartier later het sy afskeid geneem.

Und sie dankte der Familie mit Tränen in den Augen.

En sy het die familie met trane in haar oë bedank.

Aber eigentlich dankte sie ihnen dafür, dass sie sie freigelassen hatten.

Maar eintlik het sy hulle bedank dat hulle haar vrygelaat het.

Sie schienen ihr größte Freundlichkeit entgegengebracht zu haben.

Dit lyk asof hulle haar die grootste vriendelikheid betoon het.

Sie leistete sogar einen Eid, ohne dazu aufgefordert worden zu sein.

Sy het selfs 'n eed afgelê, sonder dat sy gevra is om dit te doen.

Sie sagte, sie würde niemandem erzählen, was passiert war.

Sy het gesê sy sal niemand vertel wat gebeur het nie.

Nun musste die Schwester zusammen mit ihrer Mutter kochen.

Nou moes die suster saam met haar ma kook.

Das war aber keine allzu große Unannehmlichkeit.

Maar dit was nie regtig te veel van 'n ongerief nie.

Weil die beiden sowieso fast nichts aßen.

Want die twee van hulle het in elk geval amper niks geëet nie.

Immer und immer wieder hörte Gregor dasselbe Gespräch mit.

Keer op keer het Gregor dieselfde gesprek gehoor.

Einer der beiden sagte dem anderen, er müsse mehr essen.

Een persoon het vir die ander gesê hulle moet meer eet.

Diese Person erhielt jedoch keine Antwort von der betreffenden Person.

Maar daardie persoon het geen antwoord van die persoon ontvang nie.

„Danke, ich habe genug", oder etwas Ähnliches.

"Dankie, ek het genoeg", of iets soortgelyks.

Vielleicht tranken sie auch gar nichts mehr.

Miskien het hulle ook niks meer gedrink nie.

Die Schwester fragte ihren Vater oft, ob er Bier wolle.

Die suster het dikwels vir haar pa gevra of hy bier wou hê.

Und sie bot freundlicherweise an, das Bier selbst zu holen.

En sy het hartlik aangebied om self die bier te gaan haal.

Der Vater schwieg auf ihre Bitte hin stets.

Die pa het altyd stilgebly op haar versoek.

Die Schwester musste also einen Weg finden, jeden Zweifel auszuräumen.

So moes die suster 'n manier vind om enige twyfel uit die weg te ruim.

Und sie sagte, sie würde das Dienstmädchen losschicken, um Bier zu holen.

En sy het gesê sy sal die bediende stuur om bier te gaan haal.

Doch dann sagte der Vater schließlich ein lautes, deutliches „Nein".

Maar toe sê die pa uiteindelik 'n groot, klinkende "nee".

Das Thema, dass er ein Bier trank, wurde danach nicht mehr erwähnt.

Toe is die onderwerp van sy bierdrink nie meer genoem nie.

Er hatte die finanzielle Situation bereits zuvor erläutert.

Hy het reeds voorheen die finansiële situasie verduidelik.

Tatsächlich sprach er schon am ersten Tag über Finanzen.

Trouens, hy het finansies op die heel eerste dag genoem.

Er machte ihnen die Aussichten deutlich.

Hy het hulle deeglik bewus gemaak van wat die vooruitsigte was.

Sein eigenes Unternehmen war vor etwa fünf Jahren zusammengebrochen.

Sy eie besigheid het sowat vyf jaar gelede in duie gestort.

Hin und wieder stand er auf, um den Tisch zu verlassen.

Elke nou en dan het hy opgestaan om die tafel te verlaat.

Und er ging zur Kasse seines alten Geschäfts.

En hy het na die kasregister van sy ou besigheid gegaan.

Aus Sentimentalität hatte er die Kasse aufgehoben.

Hy het die kasregister uit sentimentaliteit gered.

Gregor hörte, wie er ein schweres und kompliziertes Schloss öffnete.

Gregor het hom 'n swaar en ingewikkelde slot hoor oopsluit.

Und er holte Quittungen und Bücher aus der Kasse.

En hy het kwitansies en boeke uit die kontantkis gehaal.

**Nachdem er die Gegenstände an sich genommen hatte,
schloss er die Geldkassette wieder ab.**

Nadat hy die voorwerpe geneem het, het hy die kontantkissie
weer gesluit.

**Gregor hatte seit seiner Gefangennahme keine guten
Nachrichten mehr erhalten.**

Gregor het sedert sy gevangenskap geen goeie nuus gehoor
nie.

**Er glaubte, das Geschäft habe seinen Vater in den Ruin
getrieben.**

Hy het gedink die besigheid het sy pa bankrot gemaak.

**Dieser Eindruck war Gregor vom Vater sicherlich vermittelt
worden.**

Die pa het Gregor beslis daardie indruk gegee.

Und Gregor fragte ihn nie wieder nach den Finanzen.

En Gregor het hom nooit meer oor die finansies gevra nie.

**Gregor wollte alles tun, was er konnte, um der Familie zu
helfen.**

Gregor wou alles in sy vermoë doen om die gesin te help.

**Er wollte ihnen helfen, das geschäftliche Unglück zu
vergessen.**

Hy wou hulle help om die sake-ongeluk te vergeet.

Der Bankrott, der zur völligen Hoffnungslosigkeit führte.

Die bankrotskap wat algehele hopeloosheid teweeggebring
het.

**So begann er mit einer ganz besonderen Leidenschaft zu
arbeiten.**

so het hy met 'n baie spesiale passie begin werk.

Er war quasi über Nacht zum Handelsreisenden geworden.

Hy het amper oornag 'n reisende verkoopsman geword.

**Davor hatte er lediglich als schlecht bezahlter Angestellter
gearbeitet.**

Voor dit het hy net as 'n laagbetaalde klerk gewerk.

Nun boten sich ihm völlig andere Verdienstmöglichkeiten.

Nou het hy heeltemal ander verdienstegeleenthede gehad.

**Erfolgreiche Verkäufe konnten sofort in Bargeld
umgewandelt werden.**

Suksesvolle verkope kon onmiddellik in kontant omgeskakel word.

Das Geld wird natürlich aus seinen Provisionen ausgezahlt.

Die kontant word natuurlik uit sy kommissies betaal.

Nun konnte Gregor Geld auf den Familientisch bringen.

Nou kon Gregor geld op die familietafel sit.

Und sie waren erstaunt und erfreut über seinen Verdienst.

En hulle was verbaas en bly oor sy verdienste.

Aber diese schönen Zeiten werden sich nicht wiederholen.

Maar daardie pragtige tye sal hulself nie weer herhaal nie.

Sie hatten sich gerade erst an diese schönen Zeiten gewöhnt.

Hulle het maar net gewoond geraak aan hierdie goeie tye.

Jeden Zahltag nahm die Familie das Geld dankbar entgegen.

Elke betaaldag het die familie die geld dankbaar aanvaar.

Und Gregor war ebenso gern bereit, das Geld herauszugeben.

En Gregor was ewe bly om die geld te oorhandig.

Doch die im Gegenzug entgegengebrachte herzliche Zuneigung erlosch allmählich.

Maar die warm toegeneentheid wat in ruil daarvoor gegee is, het stadig gesterf.

Nur seine Schwester stand Gregor noch so nahe wie zuvor.

Slegs sy suster het so na aan Gregor gebly soos voorheen.

Im Gegensatz zu Gregor hatte sie eine tiefe Wertschätzung für Musik.

Sy, anders as Gregor, het 'n diep waardering vir musiek gehad.

Und sie konnte sehr berührend Geige spielen.

En sy het geweet hoe om die viool baie roerend te speel.

Gregor plante insgeheim, sie auf eine Musikschule zu schicken.

Gregor het in die geheim beplan om haar na musiekskool te stuur.

Er hatte noch nicht entschieden, wie er die Kosten decken würde.

Hy het nog nie besluit hoe hy die koste sou betaal nie.

Aber irgendwie würde er die Kosten decken.

Maar op die een of ander manier sou hy die koste dek.

Gelegentlich unternahmen Gregor und seine Familie Kurztrips.

Af en toe het Gregor en die gesin op kortuitstappies gegaan.

Gregor und seine Schwester sprachen oft über dieses Thema.

Gregor en die suster het die onderwerp dikwels geopper.

Es wurde aber immer nur als eine wunderbare Idee erwähnt.

Maar dit is net ooit as 'n wonderlike idee genoem.

Sie glaubten nicht wirklich, dass der Traum in Erfüllung gehen könnte.

Hulle het nie regtig geglo dat die droom verwesenlik kon word nie.

Und den Eltern gefielen solche fantasievollen Ambitionen nicht.

En die ouers het nie van sulke fantasievolle ambisies gehou nie.

Selbst wenn das Thema ganz harmlos angesprochen wurde.

Selfs toe die onderwerp baie onskuldig geopper is.

Gregor dachte aber weiterhin an die Musikschule.

Maar Gregor het aangehou om aan die musiekskool te dink.

Und er hatte vor, das Geschenk am Heiligabend anzukündigen.

En hy het beplan om die geskenk op Kersaand aan te kondig.

In seinem jetzigen Zustand wäre das natürlich unmöglich.

Natuurlik sou dit in sy huidige toestand onmoontlik wees.

Doch solche Gedanken gingen ihm durch den Kopf.

Maar sulke soort gedagtes het deur sy kop gegaan.

Und solche Gedanken kamen ihm, während er der Familie zuhörte.

En hy het sulke gedagtes gehad terwyl hy na die familie geluister het.

Manchmal war er zu müde, um ihnen weiter zuzuhören.

Soms het hy te moeg geword om na hulle te bly luister.

Vor Erschöpfung sank sein Kopf gegen die Tür.

Sy kop het van moegheid teen die deur geval.

Doch er legte sofort wieder seinen Kopf gegen die Tür.

Maar hy het dadelik weer sy kop teen die deur gesit.

Denn selbst das leiseste Geräusch war draußen zu hören.

Want selfs die geringste geraas kon buite gehoor word.

Und jedes Geräusch, das er machte, brachte die Familie zum Schweigen.

En enige geraas wat hy gemaak het, sou die gesin stilmaak.

„Was macht er denn jetzt?", fragte der Vater die Familie.

"Wat doen hy nou?" het die pa die gesin gevra.

Und er ging zur Tür, um nachzusehen, was das Geräusch verursachte.

En hy het na die deur gegaan om te kyk wat die geraas was.

Und dann wurde das unterbrochene Gespräch allmählich wieder aufgenommen.

En toe het die onderbroke gesprek geleidelik hervat.

Was der Vater aber sagte, überraschte alle auf positive Weise.

Maar wat die pa gesê het, het almal positief verras.

Gregor erfuhr nun den wahren Stand der Finanzen.

Gregor het nou die ware stand van die finansies geleer.

Trotz all des Unglücks gab es auch etwas Glück.

Ten spyte van al die teenspoed, was daar darem ook goeie geluk.

Ein kleines Vermögen aus alten Zeiten war noch vorhanden.

'n Baie klein fortuin uit die ou dae was nog daar.

Der Vater erklärte die Dinge, musste sich aber wiederholen.

Die pa het dinge verduidelik, maar moes homself herhaal.

Weil er sich eine Weile nicht mehr mit diesen Dingen befasst hatte.

Omdat hy al 'n rukkie nie met hierdie dinge te doen gehad het nie.

Und weil die Mutter solche Dinge nicht verstand.

En omdat die moeder sulke dinge nie verstaan het nie.

Die Zinssätze der Bank waren etwas gestiegen.

Die rentekoerse van die bank het effens gestyg.

Das unberührte Geld hatte sich stärker erhöht als erwartet.

Die onaangeraakte geld het meer as verwag toegeneem.

Darüber hinaus hatte Gregor ihnen immer seine Ersparnisse gegeben.

Daarbenewens het Gregor altyd sy spaargeld vir hulle gegee.

Er hatte nur wenige Gulden für sich behalten.

Hy het altyd net 'n paar gulden vir homself gehou.

Und sein Geld war auch noch nicht vollständig aufgebraucht.

En sy geld was ook nie heeltemal opgebruik nie.

Zusammen hatte sich dieses Geld zu einem kleinen Kapital angesammelt.

Saam het hierdie geld tot 'n klein kapitaal opgehoop.

Gregor nickte hinter seiner Tür eifrig zu der Nachricht.

Gregor, agter sy deur, het gretig geknik vir die nuus.

Er war erfreut über diese unerwartete Vorsicht und Sparsamkeit.

Hy was tevrede met hierdie onverwagte versigtigheid en spaarsamigheid.

Die überschüssigen Mittel hätten zur Tilgung der Schulden verwendet werden können.

Die oortollige fondse kon gebruik gewees het om die skuld te betaal.

Dann hätten sie dem Chef nichts mehr geschuldet.

Dan sou hulle die baas niks meer geskuld het nie.

Und Gregor hätte schon viel früher eine neue Stelle annehmen können.

En Gregor kon baie vroeër na 'n nuwe werk verskuif het.

Aber so, wie der Vater es arrangiert hatte, war es jetzt viel besser.

Maar hoe die pa dit gereël het, was nou baie beter.

Das Geld reichte nicht ganz zum Leben von den Zinsen.

Die geld was nie heeltemal genoeg om van die rente te leef nie.

Und ein Teil des Geldes musste für Notfälle zurückgelegt werden.

En 'n bietjie geld moes opsy gesit word vir noodgevalle.

Das Geld hätte nur für ein oder zwei Jahre gereicht.

Dit sou net genoeg geld vir 'n jaar of twee gewees het.

Das bedeutete, dass jemand Geld verdienen musste, damit sie leben konnten.

Dit het beteken dat iemand geld moes verdien sodat hulle kon aan die lewe kon bly.

Der Vater war nicht krank und er war stark genug.

Die pa was nie ongesond nie, en hy was sterk genoeg.

Doch er war seit mehr als fünf Jahren arbeitslos.

Maar hy was al meer as vyf jaar sonder werk.

Und aufgrund seines Alters hatte er kaum noch Selbstvertrauen.

En, as gevolg van sy ouderdom, het hy min selfvertroue oorgehad.

Er hatte in letzter Zeit auch deutlich an Gewicht zugenommen.

Hy het ook die afgelope tyd baie gewig aangesit.

Sein Leben war stets mühsam und erfolglos gewesen.

Sy lewe was nog altyd moeilik en onsuksesvol.

Und dies war der erste Urlaub, den er je verbracht hatte.

En dit was die eerste vakansie wat hy ooit gehad het.

Und da er nicht beschäftigt war, war er ziemlich ungeschickt geworden.

En sonder om besig gehou te word, het hy nogal lomp geword.

Wäre es besser, wenn die alte Mutter das Geld verdienen würde?

Sou dit beter wees as die ou moeder die geld verdien het?

Die alte Mutter, die an Asthma litt.

Die ou moeder wat aan asma gely het.

Die alte Mutter, die Mühe hatte, die Treppe hinaufzugehen.

Die ou moeder wat gesukkel het om die trappe op te loop.

Die alte Mutter, die ihre Zeit damit verbrachte, auf dem Sofa zu liegen.

Die ou moeder wat haar tyd op die bank deurgebring het.

Die alte Mutter, die es vorzog, am Fenster zu sitzen.

Die ou moeder wat verkies het om by die venster te bly.

Damit sie bei Bedarf durchatmen konnte.

Sodat sy haar asem kon skep wanneer sy dit nodig gehad het.

Wäre es besser, wenn die jüngere Schwester das Geld verdienen würde?

Sou dit beter wees as die jonger suster die geld verdien het?

Die Schwester, die mit siebzehn Jahren noch ein Kind war.

Die suster, wat op sewentien nog maar net 'n kind was.

Die Schwester, die nur wenige, bescheidene Freuden hatte.

Die suster wat slegs 'n paar beskeie plesiere gehad het.

Die Schwester, die am liebsten Geige spielte.

Die suster wat hoofsaaklik daarvan gehou het om viool te speel.

Sie wusste, dass ihr bisheriger Lebensstil sehr beneidenswert war;

Sy het geweet dat haar vorige lewenswyse baie benydenswaardig was;

Sich schick anziehen, ausschlafen, im Haushalt helfen.

Netjies aantrek, laat wakker word, in die huis help.

Das Gespräch drehte sich oft um die Notwendigkeit, Geld zu verdienen.

Die gesprek het dikwels gegaan oor die behoefte om geld te verdien.

Gregor war immer der Erste, der die Tür losließ.

Gregor was altyd die eerste om die deur los te laat.

Das Gespräch erfüllte ihn mit Scham und Trauer.

Die gesprek het hom warm gemaak van skaamte en hartseer.

Also warf er sich auf das kühle Ledersofa.

So het hy homself op die verkoelende leerbank gegooi.

Und den Rest der Nacht verbrachte er oft auf dem Sofa.

En hy het dikwels die res van die nag op die bank deurgebring.

Er hat nie wirklich auf dem Sofa geschlafen, auch nicht nachts.

Hy het nooit regtig op die bank geslaap nie, en ook nie in die nag nie.

Oft kratzte er stundenlang an dem Leder.

Dikwels het hy net ure aaneen aan die leer gekrap.

Manchmal schob er den Sessel ans Fenster.

Ander kere het hy die leunstoel na die venster gestoot.

Allein dies erforderte von seiner Seite einen erheblichen Aufwand.

Dit alleen het baie moeite van sy kant vereis.

Der Sessel half ihm, auf die Fensterbank zu klettern.

Die leunstoel het hom gehelp om op die vensterbank te kruip.

Und von dort aus konnte er sich ans Fenster lehnen.

En van daar af kon hy teen die venster leun.

Er empfand dabei stets ein großes Gefühl der Freiheit.

Hy het 'n groot gevoel van vryheid ervaar deur dit te doen.

Vielleicht suchte er nach einem alten, befreienden Gefühl.

Miskien het hy na een of ander ou bevrydende gevoel gesoek.

Doch seine Sehkraft war nicht mehr so scharf wie früher.

Maar sy visie was nie so skerp soos dit vroeër was nie.

Dinge in geringer Entfernung waren verschwommen und undeutlich.

Dinge op 'n effense afstand was vaag en onduidelik.

Er konnte das Krankenhaus auf der anderen Straßenseite nicht mehr sehen.

Hy kon nie meer die hospitaal oorkant die pad sien nie.

Vorher hatte er den Anblick verflucht, jetzt wollte er ihn sehen.

Voorheen het hy die uitsig vervloek, nou wou hy dit sien.

Er wusste, dass er in der ruhigen, städtischen Charlottenstraße wohnte.

Hy het geweet hy woon in die stil, stedelike Charlottenstrasse.

Aber vielleicht dachte er, er blicke in die Wüste.

Maar hy het dalk gedink hy kyk na die woestyn.

Eine Ödnis, wo grauer Himmel und graue Erde verschmolzen.

'n Woesteny waar die grys lug en die grys aarde saamgesmelt het.

Zweimal bemerkte die aufmerksame Schwester, dass der Stuhl verschoben worden war.

Twee keer het die aandagtige suster opgemerk dat die stoel geskuif het.

Nachdem sie aufgeräumt hatte, schob sie den Stuhl zurück ans Fenster.

Nadat sy opgeruim het, het sy die stoel terug na die venster gestoot.

Und von nun an ließ sie sogar den Fensterflügel offen.

En van nou af het sy selfs die vensterraam oopgelaat.

Gregor wünschte sich sehr, er hätte mit seiner Schwester sprechen können.

Gregor het werklik gewens hy kon met sy suster praat.

Er wollte ihr für alles danken, was sie für ihn getan hatte.

Hy wou haar bedank vir alles wat sy vir hom gedoen het.

Dann hätte er ihre Dienste leichter toleriert.

Dan sou hy hul dienste makliker verdra het.

Doch so wie die Dinge standen, litt er darunter, dass sie ihm half.

Maar soos dinge was, het hy gely onder haar hulp.

Die Schwester versuchte natürlich, die Peinlichkeit zu überspielen.

Die suster het natuurlik probeer om die verleentheid te vervaag.

Und sie tat ihr Bestes, so zu tun, als ob sie sich nicht belastet fühlte.

En sy het haar bes gedoen om voor te gee dat sy nie belas voel nie.

Natürlich musste sie das erst einmal üben.

Natuurlik is dit iets wat sy eers moes oefen.

Und je mehr Zeit verging, desto besser wurde sie darin.

En hoe meer tyd verbygegaan het, hoe beter het sy daarmee geword.

Gregor erhielt jedoch auch mehr Zeit, um ihr Täuschungsmanöver zu durchschauen.

Maar Gregor is ook meer tyd gegee om haar voorwendsel te sien.

Schon das Betreten seines Zimmers durch sie war für ihn eine Tortur.

Selfs haar toetrede tot sy kamer was 'n beproewing vir hom.

Kaum war sie eingetreten, rannte sie direkt zum Fenster.

Sodra sy binnegekom het, het sy reguit na die venster gehardloop.

Sie nahm sich nicht einmal die Zeit, die Tür zu schließen.

Sy het nie eers die tyd geneem om die deur toe te maak nie.

Normalerweise ersparte sie allen den Anblick von Gregors Zimmer.

Gewoonlik het sy almal die aanblik van Gregor se kamer gespaar.

Und mit hastigen Händen riss sie das Fenster auf.

En sy het die venster met haastige hande oopgeruk.

Dann atmete sie wieder, als ob sie erstickt wäre.

Toe haal sy weer asem asof sy besig was om te versmoor.

Die einströmende Luft war kalt, und sie atmete tief durch.

Die lug wat ingekom het was koud, en sy het diep asemgehaal.

Dennoch blieb sie noch eine Weile am Fenster stehen.

Maar nietemin het sy 'n rukkie by die venster gebly.

Mit dieser Routine ängstigte sie Gregor zweimal täglich.

Sy het Gregor twee keer per dag met hierdie roetine bang gemaak.

Während sie im Zimmer war, zitterte er unter dem Sofa.

Terwyl sy in die kamer was, het hy onder die bank gebewe.

Er wusste, dass sie ihm diese Tortur gern erspart hätte.

Hy het geweet sy sou hom graag die beproewing wou spaar.

Aber sie konnte nicht in dem Zimmer sein, wenn das Fenster geschlossen war.

Maar sy kon nie in die kamer wees met die venster toe nie.

Einmal kam sie etwas früher.

Daar was een keer toe sy 'n bietjie vroeër ingekom het.

Vermutlich etwa einen Monat nach Gregors Verwandlung.

Waarskynlik omtrent 'n maand na Gregor se transformasie.

Sie hatte sich ein wenig an sein neues Aussehen gewöhnt.

Sy het ietwat gewoond geraak aan sy nuwe voorkoms.

Sie hatte also keinen Grund mehr, besonders schockiert zu sein.

Sy het dus geen rede gehad om meer besonder geskok te wees nie.

Sie fand ihn immer noch regungslos aus dem Fenster starrend vor.

Sy het hom steeds bewegingloos by die venster uitgestaar gevind.

Er befand sich am schrecklichsten Ort, an dem er hätte sein können.

Hy was op die verskriklikste plek waar hy kon wees.

Er wäre nicht überrascht gewesen, wenn sie nicht hereingekommen wäre.

Hy sou nie verbaas gewees het as sy nie ingekom het nie.

Er hinderte sie daran, das Fenster zu öffnen.

Waar hy haar verhinder het om die venster oop te maak.

Sie verließ schnell wieder das Zimmer und schloss die Tür.

Sy het vinnig weer die kamer verlaat en die deur toegemaak.

Ein Fremder hätte zu allen möglichen Schlussfolgerungen gelangen können.

'n Vreemdeling kon tot allerhande gevolgtrekkings gekom het.

Vielleicht wartete er nur auf die Gelegenheit, sie zu beißen.

Miskien het hy net gewag vir die kans om haar te byt.

Gregor versteckte sich natürlich sofort unter dem Sofa.

Gregor het natuurlik dadelik onder die bank weggekruip.

Doch er musste bis Mittag warten, bis seine Schwester zurückkehrte.

Maar hy moes tot twaalfuur wag vir sy suster om terug te keer.

Und sie wirkte viel unruhiger als sonst.

En sy het baie meer rusteloos as haar gewone self gelyk.

Ihm wurde klar, dass der Anblick von ihm immer noch unerträglich war.

Hy het besef dat die aanskoue van hom steeds ondraaglik was.

Der Anblick von ihm würde für sie weiterhin unerträglich bleiben.

Die aanblik van hom sou vir haar ondraaglik bly.

Sie konnte es wahrscheinlich nicht ertragen, auch nur einen Teil von ihm zu sehen.

Sy kon waarskynlik nie verdra om enige deel van hom te sien nie.

Ein kleines Teil ragte immer unter dem Sofa hervor.

'n Klein deeltjie het altyd onder die rusbank uitgesteek.

Eines Tages trug er ein Bettlaken auf dem Rücken zum Sofa.

Eendag het hy 'n beddegoed op sy rug na die bank gedra.

Er wollte verhindern, dass sie irgendetwas von ihm sah.

Hy wou haar spaar om enige deel van hom te sien.

Er richtete das Bettlaken so aus, dass er vollständig verdeckt war.

Hy het die beddegoed so gerangskik dat hy heeltemal verborge was.

Selbst wenn sie sich bückte, könnte sie ihn nicht sehen.

Selfs al sou sy buk, sou sy hom nie kon sien nie.

Für Gregor dauerte die gesamte Arbeit mehr als drei Stunden.

Die hele poging het Gregor meer as drie uur geneem.

Möglicherweise hielt sie das Bettlaken für überflüssig.

Sy het dalk gedink die beddegoed was onnodig.

Sie hätte gewusst, dass er das Bettlaken nicht wollte.

Sy sou geweet het dat hy nie die beddegoed wou hê nie.

Er tat es zu ihrem Wohlbefinden und nicht für sich selbst.

Hy het dit vir haar gerief gedoen, en nie vir homself nie.

Und sie hätte das Bettlaken abnehmen können, wenn sie gewollt hätte.

En sy kon die beddegoed verwyder het as sy wou.

Aber sie ließ das Bettlaken dort, wo Gregor es hingelegt hatte.

Maar sy het die beddegoed gelos waar Gregor dit neergelê het.

Und Gregor glaubte sogar, einen dankbaren Blick erhascht zu haben.

En Gregor het selfs gedink hy het 'n dankbare blik gekry.

Er hatte das Bettlaken vorsichtig mit dem Kopf angehoben.

Hy het die beddegoed saggies met sy kop opgelig.

Er wollte herausfinden, ob seiner Schwester die Vereinbarung gefiel.

Hy wou sien of sy suster van die reëling hou.

Die ersten zwei Wochen waren für die Eltern am schwierigsten.

Die eerste twee weke was die moeilikste vir die ouers.

Sie brachten es nicht übers Herz, hereinzukommen und ihn zu sehen.

Hulle kon hulself nie sover kry om in te kom en hom te sien nie.

Er belauschte in dieser Zeit viele ihrer Gespräche.

Hy het baie van hulle gesprekke destyds gehoor.

Sie nahmen alles, was die Schwester tat, voll und ganz zur Kenntnis.

Hulle het ten volle erken wat die suster alles gedoen het.

Auch wenn sie früher oft verärgert über sie waren.

Al was hulle dikwels geïrriteerd met haar.

Weil sie ein ziemlich nutzloses Mädchen gewesen zu sein schien.

Omdat sy soos 'n ietwat nuttelose meisie gelyk het.

Nun warteten sie auf der anderen Seite des Raumes.

Nou was dit hulle wat aan die ander kant van die kamer gewag het.

Und sie war es, die den Raum betrat, um alles zu erledigen.

En dit was sy wat die kamer ingegaan het om alles te doen.

Sobald sie herauskam, wollten sie alles wissen.

Sodra sy uitgekom het, wou hulle alles weet.

Sie musste ihnen genau beschreiben, wie das Zimmer aussah.

Sy moes hulle presies vertel hoe die kamer lyk.

„Was hat Gregor gegessen? Wie hat er sich diesmal verhalten?"

"Wat het Gregor geëet? Hoe het hy hom hierdie keer gedra?"

„War vielleicht eine leichte Verbesserung zu bemerken?"

"Was daar dalk 'n effense verbetering te sien?"

Die Mutter war übrigens tatsächlich mutiger.

Die moeder, terloops, was eintlik meer dapper.

Und natürlich war es ihr eigener Sohn im Zimmer.

En natuurlik was dit haar eie seun binne-in die kamer.

Sie wollte Gregor eigentlich schon bald besuchen.

Sy wou Gregor eintlik betreklik gou besoek.

Doch der Vater und die Schwester hielten sie zunächst zurück.

Maar die pa en die suster het haar aanvanklik teruggehou.

Sie brachten sehr rationale Argumente dafür vor, dass sie nicht gehen sollte.

Hulle het baie rasionele argumente aangevoer vir haar om nie te gaan nie.

Gregor hörte ihren Argumenten sehr aufmerksam zu.

Gregor het baie aandagtig na hulle redenasie geluister.

Und er akzeptierte die Argumentation genauso wie seine Mutter.

En hy het die redenasie net soveel as sy ma aanvaar.

Später musste sie jedoch mit Gewalt zurückgehalten werden.

Later moes sy egter met geweld teruggehou word.

"Lasst mich zu Gregor hinein, er ist mein unglücklicher Sohn!"

"Laat my binne by Gregor, hy is my ongelukkige seun!"

"Verstehst du denn nicht, dass ich ihn aufsuchen muss?"

"Verstaan jy nie dat ek hom moet gaan sien nie?"

Gregor ließ sich ebenfalls von den Argumenten seiner Mutter überzeugen.

Gregor was ook oortuig deur sy ma se argumente.

Vielleicht hatte sie recht; es wäre gut, wenn sie hereinkäme.

Miskien was sy reg; dit sou goed wees as sy inkom.

Ihn jeden Tag zu besuchen, wäre viel zu viel.

Om hom elke dag te kom sien, sou heeltemal te veel wees.

Aber ihn vielleicht einmal pro Woche zu sehen, könnte genügen.

Maar om hom miskien een keer per week te sien, is dalk genoeg.

Sie versteht die Dinge vielleicht viel besser als die Schwester.

Sy verstaan dinge dalk baie beter as die suster.

Trotz all ihres Mutes war sie doch nur ein Kind.

Ten spyte van al haar moed, was sy nog maar net 'n kind.

Vielleicht war es kindliche Unbekümmertheit, die sie dazu veranlasste, diese Aufgabe anzunehmen.

Miskien het kinderlike roekeloosheid haar die taak laat aanpak.

Doch Gregors Wunsch, seine Mutter wiederzusehen, ging bald in Erfüllung.

Maar Gregor se wens om sy ma te sien, het gou waar geword.

Tagsüber hielt sich Gregor vom Fenster fern.

Gedurende die dag het Gregor van die venster weggebly.

Dies tat er aus Rücksicht auf seine Eltern.

Dit het hy uit bedagsaamheid teenoor sy ouers gedoen.

Er hatte nicht viel Platz, um auf dem Boden herumzukriechen.

Hy het nie veel plek gehad om op die vloer rond te kruip nie.

Es fiel ihm schwer, nachts still zu liegen.

Hy het dit moeilik gevind om gedurende die nag stil te lê.

Das Essen bereitete ihm nicht einmal mehr die geringste Freude.

Eet het hom nie meer die minste plesier gegee nie.

Natürlich musste er sich irgendwie ablenken.

Natuurlik moes hy 'n manier vind om homself af te lei.

Um sich die Zeit zu vertreiben, kletterte er die Wände rauf und runter.

Om homself te vermaak het hy teen die mure op en af gekruip.

Und er kroch auch kopfüber an der Decke entlang.

En hy het ook onderstebo teen die plafon gekruip.

Besonders glücklich war er, als er von der Decke hing.

Hy was veral bly toe hy van die plafon af gehang het.

Es war etwas völlig anderes, als auf dem Boden zu liegen.

Dit was heeltemal anders as om op die vloer te lê.

In dieser Position fiel ihm das Atmen deutlich leichter.

Hy het dit baie makliker gevind om in hierdie posisie asem te haal.

Ein leichtes, aber angenehmes Kribbeln durchfuhr seinen Körper.

'n Ligte maar aangename vibrasie het deur sy liggaam gegaan.

Manchmal gab er sich seinem Glück sogar zu sehr hin.

Soms het hy selfs te veel in sy geluk ontspan.

Manchmal ließ er sich ablenken und ließ die Decke los.

Hy het soms afgelei geraak en die plafon laat gaan.

Und zu seiner eigenen Überraschung landete er wieder auf dem Boden.

En tot sy eie verbasing het hy terug op die grond geland.

Aber er hatte seinen Körper deutlich besser unter Kontrolle als zuvor.

Maar hy het baie beter beheer oor sy liggaam gehad as voorheen.

So verletzte er sich nun nicht mehr bei so heftigen Stürzen.

So hy het homself nou nie van sulke groot val beseer nie.

Die Schwester bemerkte sofort Gregors neue Freude.

Die suster het Gregor se nuwe plesier dadelik opgemerk.

Und dort, wo er gekrochen war, waren Klebstoffreste zu sehen.

En daar was spore van kleefmiddel waar hy gekruip het.

Auch hier dachte die Schwester an Gregors Wohlbefinden.

Hier het die suster weer aan Gregor se welstand gedink.

Vielleicht würde er mehr Platz zum Herumkriechen begrüßen.

Miskien sal hy meer ruimte waardeer om rond te kruip.

Und der Gedanke hatte sich fest in ihrem Kopf verankert.

En die idee het homself stewig in haar kop gevestig.

Einige der großen Möbelstücke behinderten seine Bewegungsfreiheit.

Van die groot meubels het sy vrye beweging verhinder.

Da er nicht mehr arbeitete, brauchte er den Schreibtisch nicht mehr.

Hy het nie meer gewerk nie, so hy het nie die lessenaar nodig gehad nie.

Und die Schachtel nahm auch mehr Platz ein als nötig. ***

En die boks het ook meer spasie opgeneem as wat nodig was. ***

Die Schwester war nicht in der Lage, diese Dinge allein zu bewegen.

Die suster kon nie hierdie goed alleen skuif nie.

Natürlich wagte sie es nicht, den Vater um Hilfe zu bitten.

Natuurlik het sy nie gewaag om die pa om hulp te vra nie.

Das Dienstmädchen hätte ihr sicherlich auch nicht geholfen.

Die bediende sou haar verseker ook nie gehelp het nie.

Das neue Dienstmädchen war tatsächlich ein Jahr jünger als sie.

Die nuwe bediende was in werklikheid 'n jaar jonger as sy.

Sie hatte mutig die Rolle der ehemaligen Magd übernommen.

Sy het dapper die rolle van die voormalige diensmeisie aangeneem.

Doch ein Privileg wollte sie unbedingt haben.

Maar daar was een voorreg waarop sy aangedring het.

Sie wollte die Küche stets verschlossen halten.

Sy wou die kombuis te alle tye gesluit hou.

Daher blieb der Schwester nichts anderes übrig, als ihre Mutter zu fragen.

So het die suster geen ander keuse gehad as om haar ma te vra nie.

Unter Freudenschreien kam die Mutter herbei, um zu helfen.

Met uitroepe van opgewonde vreugde het die moeder gekom om te help.

Doch an der Tür zu Gregors Zimmer verstummte sie.

Maar sy het stil geword by die deur van Gregor se kamer.

Die Schwester überprüfte, ob im Zimmer alles in Ordnung war.

Die suster het gekyk of alles in die kamer in orde is.

Gregor hatte das Bettlaken hastig noch straffer gezogen.

Gregor het die beddegoed haastig nog stywer getrek.

Obwohl das Bettlaken immer noch willkürlich angeordnet aussah.

Alhoewel die beddegoed steeds lukraak gerangskik gelyk het.

Erst dann ließ sie ihre Mutter ins Zimmer.

En eers toe het sy haar ma die kamer binnegelaat.

Gregor verzichtete auch darauf, unter dem Laken hervorzuspähen.

Gregor het ook daarvan weerhou om onder die laken van te spioeneer.

Er beschloss, diesmal auf einen Besuch bei seiner Mutter zu verzichten.

Hy het besluit om hierdie keer nie sy ma te sien nie.

Gregor war schon froh genug, dass sie überhaupt gekommen war.

Gregor was bly genoeg dat sy hoegenaamd ingekom het.

„Komm herein, du kannst ihn nicht sehen", sagte die Schwester.

"Kom binne, jy kan hom nie sien nie," het die suster gesê.

Gregor nahm an, dass sie ihre Mutter an der Hand führte.

Gregor het aangeneem dat sy haar ma aan die hand gelei het.

Dann hörte er, wie die beiden schwachen Frauen die Möbel verrückten.

Toe hoor hy die twee swak vroue die meubels skuif.

Die Schwester schien den größten Teil der Arbeit für sich zu beanspruchen.

Dit het gelyk of die suster die meeste van die werk vir haarself opgeëis het.

Ihre Mutter befürchtete, sie würde sich überanstrengen.

Haar ma was bang dat sy haarself sou ooreis.

Doch die Schwester schenkte diesen Warnungen keine Beachtung.

Maar die suster het geen aandag aan hierdie waarskuwings geskenk nie.

Doch auch nach fünfzehn Minuten ging es nur sehr langsam voran.

Maar selfs na vyftien minute was die vordering baie stadig.

Es war ihnen nicht gelungen, die Möbel weit zu bewegen.

Hulle het nie daarin geslaag om die meubels baie ver te skuif nie.

Langsam beschlich sie ein Gefühl der Niederlage.

Hulle het stadig maar seker 'n gevoel van nederlaag begin voel.

Die Mutter war die Erste, die die Sinnlosigkeit eingestand.
Die moeder was die eerste om die nutteloosheid te erken.
"Vielleicht wäre es besser, die Schachtel hier zu lassen."
"Miskien is dit beter om die boks hier te los."
„Die Kiste ist zu schwer, als dass wir sie noch viel weiter bewegen könnten.“
"Die boks is te swaar vir ons om veel verder te skuif."
„Und wir werden nicht fertig sein, bevor dein Vater eintrifft.“
"En ons sal nie klaar wees voordat jou pa opdaag nie."
„Wenn wir die Kiste hier lassen würden, würde das seinen Weg nur noch mehr versperren.“
"As ek die boks hier los, sou dit sy pad nog meer versper."
Und können wir sicher sein, dass wir ihm damit einen Gefallen tun?
"En kan ons seker wees dat ons hom 'n guns bewys?"
Sie begannen zu glauben, dass das Gegenteil durchaus der Fall sein könnte.
Hulle het begin dink dat die teenoorgestelde moontlik waar kon wees.
Der Anblick der leeren Wand lastete schwer auf ihrem Herzen.
Die aanblik van die leë muur het swaar op haar hart gedruk.
Was spricht dagegen, dass Gregor das auch so empfinden würde?
Wat sê Gregor sou nie ook so voel nie?
„Er hat sich bereits an die Möbel in seinem Zimmer gewöhnt.“
"Hy is reeds gewoond aan die meubels in sy kamer."
„In einem leeren Zimmer könnte er sich noch verlassener fühlen.“
"Hy mag dalk selfs meer verlate voel in 'n leë kamer."
Ihre Stimme war inzwischen fast zu einem Flüstern gesunken.
Teen hierdie tyd het haar stem amper tot 'n fluistering verlaag.
Sie wusste tatsächlich nicht, wo sich Gregor genau aufhielt.
Sy het nie eintlik geweet waar Gregor presies was nie.

Sie wollte nicht einmal, dass er ihre Stimme hörte.

Sy wou nie hê hy moes eers die geluid van haar stem hoor nie.

Obwohl sie sich sicher war, dass er sie nicht verstand.

Alhoewel sy seker was dat hy haar nie verstaan het nie.

„Würde es nicht so aussehen, als hätten wir ihn völlig aufgegeben?"

"Sou dit nie voel asof ons heeltemal moed opgegee het met hom nie?"

"Wird er nicht das Gefühl haben, dass wir ihn mit der Situation allein lassen?"

"Sal hy nie voel asof ons hom alleen los om te klaarkom nie?"

„Wir sollten den Raum genau so verlassen, wie er war."

"Ons moet die kamer presies los soos dit was."

„Irgendwann wird Gregor zu uns zurückkehren, so wie er war."

"Uiteindelik sal Gregor na ons terugkeer soos hy was."

„Dann wird er feststellen, dass alles noch an seinem Platz ist."

"Dan sal hy vind dat alles nog op sy plek is."

„Und er wird die Übergangszeit viel leichter vergessen."

"En hy sal die tussentydse tydperk baie makliker vergeet."

Als Gregor diese Worte hörte, begriff er etwas.

Toe Gregor hierdie woorde hoor, het hy iets besef.

Sein Verstand war in den letzten zwei Monaten verwirrt worden.

Sy gedagtes het die afgelope twee maande verward geraak.

Der Mangel an menschlicher Interaktion hatte ihm nicht gutgetan.

Die gebrek aan menslike interaksie was nie goed vir hom nie.

Er brauchte das eintönige Leben im Kreise seiner Familie wirklich.

Hy het werklik die eentonige lewe te midde van sy familie nodig gehad.

Warum sonst hätte er eine solch unsinnige Forderung gestellt?

Waarom anders sou hy so 'n onsinnige eis gestel het?

Welchen Sinn sollte es denn haben, sein Zimmer zu räumen?

Watter moontlike sin was daar om sy kamer leeg te maak?

Das gemütliche Zimmer war mit geerbten Möbeln eingerichtet.

Die gemaklike kamer is gemeubileer met geërfde meubels.

Warum sollte er diese bekannte Wärme in eine Höhle verwandeln wollen?

Waarom sou hy hierdie bekende warmte in 'n grot wou verander?

Eine Höhle, in der er ungestört in alle Richtungen kriechen konnte.

'n Grot waar hy in alle rigtings in vrede kon kruip.

Doch in einer Höhle vergaß er rasch seine menschliche Vergangenheit.

Maar 'n grot waarin hy sy menslike verlede vinnig vergeet het.

Er fragte sich, ob er schon kurz davor war, alles zu vergessen.

Hy moes wonder of hy reeds naby daaraan was om te vergeet.

Die Stimme seiner Mutter hatte ihn aufgerüttelt und seine Erinnerung wachgerufen.

Die stem van sy ma het hom so laat onthou.

Die Stimme, die er so lange nicht gehört hatte.

Die stem wat hy so lanklaas gehoor het.

Nichts durfte entfernt werden; alles musste bleiben.

Niks moes verwyder word nie; alles moes bly.

Die Möbel wirkten sich positiv auf seinen Zustand aus.

Die meubels het wel 'n positiewe uitwerking op sy toestand gehad.

Und ohne diesen Anker zur Vergangenheit konnte er nicht zurechtkommen.

En hy kon nie sonder hierdie anker aan die verlede klaarkom nie.

Die Möbel hinderten ihn daran, sinnlos herumzukriechen.

Die meubels het sy sinnelose rondkruip verhoed.

Das war aber kein Verlust, sondern vielmehr ein großer Vorteil.

Maar dit was geen verlies nie; eerder 'n groot voordeel.

Leider hatte die Schwester eine ganz andere Meinung.

Ongelukkig het die suster 'n heel ander mening gehad.

Sie war gewissermaßen zu einer Sprecherin Gregors geworden.

Sy het ietwat 'n woordvoerder vir Gregor geword.

Natürlich war ihre Meinung nicht völlig unberechtigt.

Natuurlik was haar mening nie heeltemal ongeregverdig nie.

Doch der Meinung ihrer Mutter musste hier widersprochen werden.

Maar haar ma se mening moes hier weerspreek word.

Es war nicht nur die Kiste, die nun entfernt werden musste.

Dit was nie net die boks wat nou verwyder moes word nie.

Sein Schreibtisch und der Kleiderschrank konnten ebenfalls nicht bleiben.

Sy lessenaar en die klerekas kon ook nie bly staan nie.

Das Einzige, was unverzichtbar war, war das Sofa.

Die enigste ding wat onontbeerlik was, was die bank.

Sie hat diese Entscheidung nicht aus kindischem Trotz getroffen.

Sy het dit nie net uit kinderlike verset besluit nie.

Es lag auch nicht an ihrem erst kürzlich gewonnenen Selbstvertrauen.

Dit was ook nie haar onlangs verworwe selfvertroue nie.

Das neue Selbstvertrauen, das sie hatte, trieb sie an, so hart für den Sieg zu arbeiten.

Die nuwe selfvertroue wat sy so hard moes werk om te wen.

Auch wenn niemand erwartet hatte, dass sie dazu in der Lage sein würde.

Al het niemand verwag dat sy dit sou kon doen nie.

Gregor brauchte tatsächlich viel Platz zum Kriechen.

Gregor het regtig baie spasie nodig gehad om te kruip.

Die Möbel schränkten den ihm zur Verfügung stehenden Raum zusätzlich ein.

Die meubels het slegs die ruimte wat hy beskikbaar gehad het, beperk.

Sie konnte diese Dinge besser sehen als die Mutter.

Sy kon hierdie dinge beter sien as die ma.

Aber vielleicht spielte auch ihre romantische Ader eine Rolle.

Maar miskien het haar romantiese gees ook 'n rol gespeel.

Mädchen in diesem Alter entwickeln oft eine gewisse Begeisterung.

Meisies van daardie ouderdom kry dikwels 'n sekere entoesiasme.

Und sie verspüren das Bedürfnis, ihren Willen durchzusetzen, wann immer es ihnen möglich ist.

En hulle voel 'n behoefte om hul sin te kry wanneer hulle kan.

Vielleicht wollte sie ihn deshalb heimlich sabotieren.

Miskien is dit hoekom sy hom in die geheim wou saboteer.

Noch furchterregender ist er, wenn er an den Wänden entlangkriecht.

Hy is selfs meer vreesaanjaend wanneer hy op die mure kruip.

Die Eltern trauten sich nicht mehr, das Zimmer zu betreten.

Die ouers sou nie meer durf om die kamer binne te gaan nie.

Sie wäre tatsächlich die alleinige Betreuerin ihres Bruders.

Sy sou werklik die enigste versorger van haar broer wees.

Sie ließ sich von ihrer Mutter nicht umstimmen.

Sy het nie toegelaat dat haar ma haar anders oortuig nie.

Gregors Mutter fühlte sich in dem Zimmer bereits unwohl.

Gregor se ma het reeds ongemaklik in die kamer gevoel.

Sie hörte bald auf zu sprechen und half ihrer Tochter erneut.

Sy het gou opgehou praat en haar dogter weer gehelp.

Mit ihren letzten Kräften entfernten sie den Kleiderschrank.

Met hul oorblywende krag het hulle die klerekas verwyder.

Auf die Kommode konnte er verzichten.

Die laaikas was iets waarsonder hy kon klaarkom.

Der Schreibtisch musste aber vorerst dort bleiben.

Maar die lessenaar sou vir eers moes bly.

Während die Frauen weg waren, versuchte er, sich einen Überblick über den Raum zu verschaffen.

Terwyl die vroue weg was, het hy probeer om die kamer te beoordeel.

Und Gregor streckte seinen Kopf unter dem Sofa hervor.

En Gregor steek sy kop onder die bank uit.

Er musste sehen, was er in dieser Situation tun konnte.

Hy moes kyk wat hy aan die situasie kon doen.

Aber er war so vorsichtig und rücksichtsvoll wie möglich.

Maar hy was so versigtig en bedagsaam as moontlik.

Leider war es die Mutter, die zuerst zurückkehrte.

Ongelukkig was dit die ma wat eerste teruggekeer het.

Grete war noch dabei, den Kleiderschrank im Nebenzimmer umzustellen.

Grete was nog besig om die klerekas in die volgende kamer te skuif.

Die Mutter war den Anblick Gregors jedoch nicht gewohnt.

Maar die moeder was nie gewoond aan die gesig van Gregor nie.

Schon ein flüchtiger Blick auf ihn hätte sie krank machen können.

Selfs net 'n kykie na hom kon haar siek maak.

Gregor eilte rückwärts zum anderen Ende des Sofas.

Gregor het agteruit na die verste punt van die bank gehaas.

Aber er konnte sich nicht zurücklehnen und das Bettlaken ausbalancieren.

Maar hy kon nie terugbeweeg en die beddegoed balanseer nie.

Die Bewegung reichte aus, um die Aufmerksamkeit der Mutter zu erregen.

Die beweging was genoeg om die ma se aandag te trek.

Sie hielt inne und verharrte einen kurzen Moment ganz still.

Sy het gepouseer en vir 'n kort oomblik baie stil gestaan.

Dann drehte sie sich um und verließ das Zimmer wieder.

Toe draai sy om en gaan terug uit die kamer.

Gregor redete sich immer wieder ein, dass nichts Ungewöhnliches passiert sei.

Gregor het homself bly vertel dat niks ongewoons gebeur het nie.

„Es handelt sich lediglich um ein paar Möbelstücke, die weggebracht wurden."

"Dis net 'n paar meubels wat weggeneem is."

Doch schon bald musste er zugeben, dass ihn die Ereignisse mitgenommen hatten.

Maar hy moes gou erken dat die gebeure hom geraak het.

Die Frauen hatten alles, was sie taten, auch gesagt.

Die vroue het alles gesê wat hulle doen.

Sie waren im Zimmer auf und ab gegangen.

Hulle het heen en weer deur die kamer geloop.

Das Kratzen aller Möbelstücke auf dem Boden.

Die gekrap van al die meubels op die vloer.

Er hatte das Gefühl, von allen Seiten angegriffen zu werden.

Hy het gevoel asof hy van alle kante aangeval word.

Er zog Kopf und Beine so fest wie möglich an.

Hy het sy kop en bene so styf as moontlik ingetrek.

Mit aller Kraft presste er seinen Körper zu Boden.

Met al sy krag het hy sy liggaam teen die grond gedruk.

Er wusste, dass er das alles nicht mehr lange aushalten konnte.

Hy het geweet hy kon dit alles nie veel langer verduur nie.

Sie räumten sein Zimmer aus und nahmen alles mit, was ihm lieb und teuer war.

Hulle het sy kamer leeggemaak en alles geneem wat hy liefgehad het.

Sie hatten bereits die Kiste mit all seinen Werkzeugen mitgenommen.

Hulle het reeds die boks met al sy gereedskap geneem.

Nun lockerten sie seinen schweren Schreibtisch vom Boden.

Nou was hulle besig om sy swaar lessenaar van die grond los te maak.

Der Schreibtisch, an dem er nach seiner Rückkehr von der Arbeit gearbeitet hatte.

Die lessenaar waaraan hy gewerk het nadat hy van die werk af teruggekeer het.

Der Schreibtisch, an dem er seine Geschäftsaufgaben erledigt hatte.

Die lessenaar waarop hy sy besigheidsopdragte geskryf het.

Der Schreibtisch, an dem er in der Sekundarschule seine Hausaufgaben gemacht hatte.

Die lessenaar waarop hy sy huiswerk op hoërskool gedoen het.

Ja, diesen Schreibtisch hatte er schon in der Grundschule.

Ja, hy het hierdie lessenaar reeds op laerskool gehad.

Er hatte wirklich keine Zeit, sich von ihren guten Absichten zu überzeugen.

Hy het regtig geen tyd gehad om hul goeie bedoelings te bevestig nie.

Obwohl er beinahe vergessen hatte, dass sie überhaupt da waren.

Alhoewel hy amper vergeet het dat hulle in elk geval daar was.

Weil sie vor Erschöpfung still arbeiteten.

Omdat hulle stil gewerk het, weens uitputting.

Sie waren zu müde, um ihre Bewegungen jetzt noch bekannt zu geben.

Hulle was te moeg om nou hul bewegings aan te kondig.

Alles, was er hörte, waren ihre schweren Schritte auf dem Boden.

Al wat hy gehoor het, was hul swaar voetstappe op die vloer.

Genau in diesem Moment lehnten sie an der Kiste.

Net op daardie oomblik het hulle teen die boks geleun.

Und da kam Gregor unter dem Sofa hervor.

En toe kom Gregor onder die bank uit.

Er änderte viermal seine Laufrichtung.

Hy het die rigting waarin hy gehardloop het vier keer verander.

Er konnte sich nicht entscheiden, welcher Gegenstand zuerst gerettet werden musste.

Hy kon nie besluit watter item eerste gered moes word nie.

Plötzlich richtete sich sein Blick auf die leere Wand.

Skielik is sy aandag getrek na die leë muur.

Alles, was sie ihm hinterlassen hatten, war das Bild der Dame im Pelzmantel.

Al wat hulle vir hom oorgehad het, was die foto van die dame in pels.

Er kroch zu dem Bild und drückte seinen Körper an sie.

Hy het na die prent gekruip om sy lyf teen haar te druk.

Und sein Körper verdeckte vollständig das Bild.

En sy liggaam het die uitsig van die prent heeltemal bedek.

Das Glas stützte ihn und kühlte seinen heißen Bauch.

Die glas het hom regop gehou en sy warm maag getroos.

Dieses Foto konnte ihm nicht mehr abgenommen werden.

Hierdie foto kon nie meer van hom geneem word nie.

Dann wandte er den Kopf zur Wohnzimmertür.

Toe draai hy sy kop na die sitkamerdeur.

Er wollte zusehen, wie die Frauen ins Zimmer zurückkehrten.

Hy sou kyk hoe die vroue na die kamer terugkeer.

Und sie ruhten sich nicht lange aus, bevor sie wieder zurückkehrten.

En hulle het nie lank gerus voordat hulle weer teruggekom het nie.

Grete hatte den Arm um ihre Mutter gelegt, um ihr beim Gehen zu helfen.

Grete se arm was om haar ma om haar te help loop.

„Was sollen wir denn jetzt nehmen?", fragte Grete und blickte sich um.

"Wat moet ons nou neem?" sê Grete en kyk rond.

Genau in diesem Moment trafen sich ihre Blicke mit Gregors.

Net op daardie oomblik ontmoet haar blik Gregor se oë.

Trotz des Schocks behielt sie die Fassung.

Ten spyte van die skok het sy haar teenwoordigheid van gees behou.

Vermutlich nur wegen der Anwesenheit ihrer Mutter.

Waarskynlik net as gevolg van die teenwoordigheid van haar ma.

Sie neigte ihr Gesicht zu ihrer Mutter und verdeckte ihr die Sicht.

Sy het haar gesig na haar ma gebuig en haar uitsig bedek.

Und dann sagte sie, zitternd und gedankenlos:

En toe sê sy, alhoewel bewerig en gedagteloos:

"Kommt schon, sollten wir nicht zurück ins Wohnzimmer
gehen?"
"Kom nou, moet ons nie teruggaan sitkamer toe nie?"
Gregor konnte die Absichten der Schwester leicht verstehen.
Gregor kon die suster se bedoelings maklik verstaan.
**Ihre oberste Priorität war es, ihre Mutter in Sicherheit zu
bringen.**
Haar eerste prioriteit was om haar ma in veiligheid te bring.
Aber dann wollte sie ihn von der Mauer herunterjagen.
Maar toe wou sy hom van die muur af jaag.
„Nun, sie kann es ja versuchen!", dachte Gregor bei sich.
"Wel, sy kan beslis probeer!" het Gregor innerlik gedink.
Er behielt sein Bild fest im Blick und gab es nicht her.
Hy het ferm op sy prentjie gebly en dit nie opgegee nie.
Am liebsten wäre er der Schwester ins Gesicht gesprungen.
Hy sou liewer in die suster se gesig gespring het.
**Doch Gretes Worte hatten ihre Mutter noch mehr
beunruhigt.**
Maar Grete se woorde het haar ma nog meer bekommerd
gemaak.
Sie trat beiseite, um zu sehen, was vor ihr verborgen wurde.
Sy het eenkant toe gestap om te sien wat vir haar weggesteek
word.
Und sie sah den braunen Fleck auf der geblümten Tapete.
En sy het die bruin vlek op die blommuurpapier gesien.
**Und sie schrie auf, noch bevor sie merkte, dass es Gregor
war.**
En sy het geskree voordat sy selfs besef het dit was Gregor.
"Oh Gott", schrie sie mit ausgestreckten Armen.
"O God," het sy geskree met haar arms uitgestrek.
Und sie sank auf die Couch, als hätte sie aufgegeben.
En sy het op die rusbank neergeval asof sy moed opgegee het.
„Gregor!", rief die Schwester ihm mit erhobener Faust zu.
"Gregor!" het die suster met 'n opgeligte vuis na hom geskree.
**Und sie warf ihm einen langen, harten und
durchdringenden Blick zu.**
En sy het hom 'n lang, harde en deurdringende kyk gegee.

Dies war das erste Mal, dass sie direkt mit ihm gesprochen hatte.

Dit was die eerste keer dat sy direk met hom gepraat het.

Sie rannte ins Nebenzimmer, um Riechsalz zu holen.

Sy het na die volgende kamer gehardloop om reuksoute te kry.

Sie musste ihre Mutter wieder zum Bewusstsein bringen.

Sy moes haar ma weer tot bewussyn bring.

Gregor wollte helfen, er konnte das Bild später aufbewahren.

Gregor wou help, hy kon die prent later stoor.

Doch er war fest an der Glasscheibe festgeklebt.

Maar hy het homself stewig op die glas vasgesit.

Deshalb musste er sich mit großer Kraft losreißen.

So moes hy homself met baie geweld wegskeur.

Auch er rannte in den nächsten Raum, wo sich die Schwester befand.

Hy het ook na die volgende kamer gehardloop, waar die suster was.

Früher hätte er ihr vielleicht einen Rat geben können.

In die ou dae kon hy haar raad gegee het.

Doch nun konnte er nichts anderes tun, als tatenlos zuzusehen.

Maar nou kon hy niks anders doen as om ledig toe te kyk nie.

Sie durchwühlte die Schublade und öffnete verschiedene Flaschen.

Sy het deur die laai gesoek en verskeie bottels oopgemaak.

Und er erschreckte sie immer noch, als sie sich umdrehte.

En hy het haar steeds bang gemaak toe sy omdraai.

Eine Flasche fiel zu Boden, zerbrach und splitterte.

'n Bottel het op die vloer geval, gebreek en gesplinter.

Ein Glassplitter traf Gregor im Gesicht und verletzte ihn.

'n Glassplinter het Gregor se gesig getref en hom beseer.

Die Flasche hatte eine Art ätzende Flüssigkeit enthalten.

Die bottel het een of ander bytende vloeistof bevat.

Und nun brannte die ätzende Flüssigkeit auf Gregors Gesicht.

En nou het die bytende vloeistof Gregor se gesig gebrand.
Die Schwester hatte jedoch im Moment keine Zeit für Gregor.
Die suster het egter nou geen tyd vir Gregor gehad nie.
Sie sammelte so viele Flaschen ein, wie sie tragen konnte.
Sy het soveel van die bottels as moontlik opgetel.
Und sie rannte mit der Medizin zurück zu ihrer Mutter.
En sy het met die medisyne teruggehardloop na haar ma.
Sie schlug die Tür mit dem Fuß zu und schloss Gregor aus.
Sy het die deur met haar voet toegeslaan en Gregor buite gesluit.
Nun war er von seiner möglicherweise sterbenden Mutter abgeschnitten.
Hy was nou afgesny van sy potensieel sterwende moeder.
Wenn er die Tür öffnete, würde er die Schwester verjagen.
As hy die deur oopmaak, sou hy die suster wegjaag.
Aber natürlich musste sie bleiben, um sich um die Mutter zu kümmern.
Maar natuurlik moes sy bly om na die ma om te sien.
Es gab für ihn nichts anderes zu tun, als auf sie zu warten.
Daar was niks wat hy nou kon doen behalwe vir hulle te wag nie.
Von Selbstvorwürfen und Angst geplagt, begann er zu kriechen.
Geteister deur selfverwyt en angs, het hy begin kruip.
Er kroch überall hin; an Wänden, Möbeln, der Decke.
Hy het oral rondgekruip; mure, meubels, die plafon.
Er hatte das Gefühl, als würde sich der ganze Raum um ihn drehen.
Hy het gevoel asof die hele kamer om hom draai.
Schließlich fiel er, verzweifelt und schwindlig, wieder zu Boden.
Uiteindelik, in wanhoop en duiseligheid, het hy teruggeval.
Und er fiel direkt auf den großen Esstisch.
En hy het reg bo-op die groot eetkamertafel geval.
Er lag eine Weile da, betäubt und unfähig sich zu bewegen.

Hy het 'n rukkie daar gelê, gevoelloos en nie in staat om te beweeg nie.

Er war erschöpft von all dem, was ihm dieser Tag gebracht hatte.

Hy was uitgeput van alles wat hierdie dag oor hom gebring het.

Es herrschte ringsum Stille, aber vielleicht war das ein gutes Zeichen.

Dit was stil oral, maar miskien was dit 'n goeie teken.

Dann zerriss das Klingeln an der Haustür die Stille.

Toe, terwyl die stilte verbreek word, lui die deurklokkie buite.

Das Dienstmädchen hatte sich natürlich in ihrer Küche eingeschlossen.

Die bediende het haarself natuurlik in haar kombuis toegesluit.

Die Schwester war also die Einzige, die die Tür öffnen konnte.

So die suster was die enigste een wat die deur kon oopmaak.

„Was ist passiert?", fragte der Vater als Erstes.

"Wat het gebeur?" was die eerste ding wat die pa gevra het.

Gretes Erscheinung hatte ihm wahrscheinlich alles verraten.

Grete se voorkoms het hom waarskynlik alles vertel.

Gretes Stimme wurde beim Sprechen gedämpft und dumpf.

Grete se stem het gedemp en dof geword terwyl sy gepraat het.

Sie muss ihr Gesicht an die Brust ihres Vaters gedrückt haben.

Sy moes haar gesig teen haar pa se bors gedruk het.

„Mutter war bewusstlos, aber es geht ihr jetzt besser."

"Ma was bewusteloos, maar sy voel nou beter."

„Gregor ist entkommen", fügte sie hinzu, was er auch erwartet hatte.

"Gregor het ontsnap," het sy bygevoeg, wat hy verwag het.

"Ich habe dir doch immer gesagt, dass er eines Tages ausbrechen würde."

"Ek het jou nog altyd gesê hy gaan eendag ontsnap."

„Aber ihr Frauen wolltet mir ja nicht zuhören, nicht wahr?"

"Maar julle vroue wou nie na my luister nie, nè?"
Gregor erkannte schnell, wie sein Vater die Dinge sehen würde.
Gregor het gou besef hoe sy pa dinge sou sien.
Er hatte Gretes allzu kurze Nachricht falsch interpretiert.
Hy het Grete se oordrewe kort boodskap verkeerd geïnterpreteer.
Er nahm an, Gregor habe eine Gewalttat begangen.
Hy het aangeneem dat Gregor 'n daad van geweld gepleeg het.
Gregor musste einen Weg finden, seinen Vater irgendwie zu besänftigen.
Gregor moes op een of ander manier 'n manier vind om sy pa te paai.
Weil er keine Zeit hatte, ihm die Dinge zu erklären.
Omdat hy nie tyd gehad het om dinge aan hom te verduidelik nie.
Aber er hätte die Dinge ohnehin nicht erklären können.
Maar hy sou in elk geval nie dinge kon verduidelik nie.
Da flüchtete er zur Tür und drückte sich dagegen.
So het hy na die deur gevlug en homself daarteen gedruk.
So konnte sein Vater ihn vom Vorzimmer aus sehen.
Só kon sy pa hom van die voorkamer af sien.
Und er würde erkennen, dass er die besten Absichten hatte.
En hy sou kon sien dat hy die beste bedoelings gehad het.
Es war nicht nötig, ihn mit einem Besen zurückzudrängen.
Daar was geen nodigheid om hom met 'n besem terug te stoot nie.
Der Vater hätte lediglich die Tür öffnen müssen.
Al wat die pa sou moes doen was om die deur oop te maak.
Doch er hatte keine Lust, solche Feinheiten zu bemerken.
Maar hy was nie lus om sulke subtiliteite raak te sien nie.
"Da bist du ja!", rief er, sobald er eingetreten war.
"Daar is jy!" het hy uitgeroep sodra hy binnegekom het.
Es war, als wäre er gleichzeitig wütend und glücklich.
Dit was asof hy gelyktydig kwaad en bly was.
Er zog den Kopf zurück und blickte zu seinem Vater auf.

Hy het sy kop agteroor getrek en na die pa opgekyk.
Er hatte sich seinen Vater nicht so vorgestellt.
Hy het hom nie voorgestel dat sy pa so daar sou staan nie.
Doch in letzter Zeit hatte er eine neue Ablenkung gefunden.
Maar hy het, in onlangse tye, 'n nuwe afleiding gevind.
Das Herumkriechen nahm nun einen großen Teil seines Tages ein.
Rondkruip het nou 'n groot deel van sy dag in beslag geneem.
Zuvor hatte er alle Neuigkeiten in der Wohnung im Blick behalten.
Voorheen het hy enige nuus in die woonstel dopgehou.
Aber in letzter Zeit hatte er nicht mehr so genau darauf geachtet.
Maar hy het die laaste tyd nie so baie aandag gegee nie.
Er hätte auf Veränderungen vorbereitet sein müssen.
Hy moes voorbereid gewees het op veranderinge.
Aber war dieser Mann vor ihm noch der Vater?
Nietemin, was hierdie man voor hom steeds die vader?
War er noch derselbe Mann, der früher müde in seinem Bett lag?
Was hy dieselfde man wat moeg in sy bed gelê het?
Als Gregor bereits auf Geschäftsreise war.
Toe Gregor reeds op 'n sakereis gegaan het.
War er derselbe Mann, der ihn abends begrüßte?
Was hy dieselfde man wat hom saans gegroet het?
Als er in seinem Morgenmantel in seinem Sessel saß.
Toe hy in sy kamerjas in sy leunstoel was.
War er derselbe Mann, der nicht aufstehen konnte, um ihn zu begrüßen?
Was hy dieselfde man wat nie kon opstaan om hom te verwelkom nie?
So blieb er sitzen und hob freudig den Arm.
So, terwyl hy bly sit, het hy sy arm opgelig as 'n teken van vreugde.
War er derselbe Mann, mit dem er gelegentlich spazieren ging?

Was hy dieselfde man saam met wie hy af en toe gaan stap
het?

**In seltenen Fällen: an einigen Sonntagen im Jahr oder an
Feiertagen.**

By seldsame geleenthede: 'n paar Sondae per jaar, of
vakansiedae.

**War er derselbe Mann, der in seinen Mantel gehüllt
herüberkam?**

Was hy dieselfde man wat geloop het, toegedraai in sy oorjas?

**Musste er sich langsam zwischen Mutter und ihm
vorwärtsarbeiten?**

Het hy stadig vorentoe gewerk, tussen die moeder en hom?

Und sie gingen seinetwegen bereits langsam.

En hulle het reeds stadig geloop as gevolg van hom.

Doch nun stand dieser Mann stark und aufrecht.

Maar nou het hierdie man sterk en regop gestaan.

Er trug eine blaue Uniform mit goldenen Knöpfen.

Hy was geklee in 'n blou uniform met goue knope.

Knöpfe, die die Angestellten der Bankinstitute tragen.

Knope wat die dienaars van die bankinstellings dra.

**Über dem steifen Kragen trat sein markantes Doppelkinn
hervor.**

Bo die stywe kraag het sy sterk dubbelken te voorskyn gekom.

**Unter seinen buschigen Augenbrauen blickten seine
schwarzen Augen hervor.**

Onder sy bosagtige wenkbroue het sy swart oë uitgekyk.

**Seine Augen wirkten nun durchdringend, frisch und
aufmerksam.**

Nou het sy oë deurdringend, vars en waaksaam gelyk.

Das zuvor zerzauste weiße Haar wurde glatt gekämmt.

Die voorheen deurmekaar wit hare is afgekam.

Und sein Haar hatte nun einen sorgfältigen Mittelscheitel.

En sy hare het nou 'n noukeurige middelskeiding gehad.

**Er warf seinen Hut weg, der mit einem goldenen
Monogramm verziert war.**

Hy het sy hoed gegooi, wat met 'n goue monogram
vasgemaak was.

Es handelte sich wahrscheinlich um das Monogramm der Bank, für die er arbeitete.

Dit was waarskynlik die monogram van die bank waarvoor hy gewerk het.

Und der Hut landete auf dem Sofa, um später weggeräumt zu werden.

En die hoed het op die bank geland, om later weggebêre te word.

Er schob den Saum der langen Uniformjacke zurück.

Hy het die onderkant van die lang uniformbaadjie teruggedruk.

Und er steckte seine Daumen in die Hosentaschen.

En hy het sy duime in die sakke van sy broek gesteek.

Und dann ging er mit finsterer Miene auf Gregor zu.

En toe, met 'n grimmige gesig, stap hy na Gregor toe.

Er wusste wahrscheinlich selbst noch nicht, was er vorhatte.

Hy het waarskynlik nie eens geweet wat hy beplan het om te doen nie.

Dennoch hob er die Füße ungewöhnlich hoch.

Maar nietemin het hy sy voete ongewoon hoog gelig.

Gregor staunte über die enorme Größe seiner Stiefel.

Gregor was verbaas oor die enorme grootte van sy stewels.

Doch dafür blieb wirklich keine Zeit, seine Schuhe zu bewundern.

Maar daar was regtig geen tyd om oor sy skoene te verwonder nie.

Der Vater hatte sich für eine sehr strenge Disziplin entschieden.

Die vader het op baie streng dissipline besluit.

Für Gregor war nur die größtmögliche Strenge angemessen.

Slegs die grootste erns was gepas vir Gregor.

Das wusste er vom ersten Tag seiner Verwandlung an.

Hy het dit geweet van die eerste dag van sy transformasie af.

Er rannte zu seinem Vater und blieb stehen, als dieser stehen blieb.

Hy het na sy pa gehardloop en gestop toe hy stop.

Als er sich wieder bewegte, huschte er erneut auf ihn zu.

Hy het weer na hom toe geskarrel toe hy weer beweeg het.

Der Vater hielt einen Moment inne, und Gregor tat es ihm gleich.

Die pa het 'n oomblik gepouseer, en Gregor ook.

Und sobald sich sein Vater bewegte, stürmte er wieder vorwärts.

En hy het weer vorentoe gehardloop sodra sy pa beweeg het.

Auf diese Weise gingen sie mehrmals im Kreis um den Raum.

Op hierdie manier het hulle verskeie kere om die kamer gesirkel.

Bislang hatte noch niemand einen entscheidenden Vorteil errungen.

Geen beslissende voordeel is nog deur enigiemand behaal nie.

Man konnte nicht den Eindruck einer Verfolgungsjagd gewinnen.

'n Mens kon nie die indruk van 'n jaagtog gekry het nie.

Weil das ganze Geschehen viel zu langsam vonstatten ging.

Omdat die hele gebeurtenis heeltemal te stadig plaasgevind het.

Gregor hatte beschlossen, am Boden zu bleiben.

Gregor het besluit hy gaan op die grond bly.

Er hätte die Wände hoch und an der Decke entlanglaufen können.

Hy kon teen die mure en langs die plafon opgehardloop het.

Er wollte den Vater aber nicht unnötig provozieren.

Maar hy wou die pa nie onnodig uitlok nie.

Eine solche Flucht hätte besonders verwerflich erscheinen können.

So 'n ontsnapping kon dalk besonder boos gelyk het.

Gregor räumte ein, dass diese Jagd nicht mehr lange dauern könne.

Gregor het erken dat hierdie jaagtog nie veel langer kon duur nie.

Jeder Schritt erforderte eine Vielzahl von Bewegungen.

Elke stap moes met 'n magdom bewegings gepaardgaan.

Er begann bereits Atemnot zu verspüren.

Hy het reeds begin om kortasem te voel.

Schon vorher hatte er nie absolut zuverlässige Lungen gehabt.

Selfs voorheen het hy nooit heeltemal betroubare longe gehad nie.

Er taumelte dahin und sparte seine Kräfte für den Lauf.

Hy het gestruikel en sy sterk punte vir die hardloop gespaar.

Er war so müde, dass er die Augen kaum noch offen halten konnte.

Hy was so moeg dat hy skaars sy oë oop kon hou.

Seine Gedanken verlangsamten sich zu sehr, um an andere Fluchtmöglichkeiten zu denken.

Sy gedagtes het te stadig geword om aan ander ontsnappings te dink.

Er hatte fast vergessen, dass ihm die Wände zur Verfügung standen.

Hy het amper vergeet dat die mure vir hom beskikbaar was.

Die Wände waren aber ohnehin hinter Möbeln verborgen.

Maar die mure was in elk geval agter meubels versteek.

Und die Möbel wiesen zu viele Kerben und Vorsprünge auf.

En die meubels het te veel kerwe en uitsteeksels gehad.

Und dann, direkt neben ihm, rollte ein Apfel.

En toe, reg langs hom, terwyl hy rol, was daar 'n appel.

Ihm wurde klar, dass der Apfel nach ihm geworfen worden sein musste.

Die appel moes na hom gegooi gewees het, het hy besef.

Doch er hatte keine Zeit zum Nachdenken, da kam schon der nächste Apfel.

Maar hy het nie tyd gehad om te dink voordat nog 'n appel gekom het nie.

Gregor erstarrte vor Schreck über die neue Strategie seines Vaters.

Gregor het geskok geskrik oor die pa se nuwe strategie.

Er konnte durch einen Fluchtversuch nichts mehr gewinnen.

Hy kon niks meer kry deur te probeer hardloop nie.

Der Vater hatte beschlossen, ihn mit Früchten zu überhäufen.

Die pa het besluit om hom met vrugte te bombardeer.
Er hatte sich die Taschen mit Obst aus der Küchenschale gefüllt.
Hy het sy sakke uit die kombuis se vrugtebak gevul.
Ohne besonders darauf zu zielen, warf er Apfel um Apfel.
Sonder om spesifiek te mik, het hy appel na appel gegooi.
Diese kleinen roten Äpfel rollten auf dem Boden herum.
Hierdie klein rooi appeltjies het op die grond rondgerol.
Wie von einem Stromschlag getroffen, stießen die Äpfel aneinander.
Asof hulle geëlektrifiseer is, het die appels teen mekaar gebots.
Einer der schwach geworfenen Äpfel streifte Gregors Rücken.
Een van die swak gegooide appels het Gregor se rug geskaaf.
Zum Glück für ihn rutschte der Apfel harmlos herunter.
Gelukkig vir hom het daardie appel skadeloos afgegly.
Der anschließend geworfene Apfel traf jedoch genauer.
Die appel wat daarna gegooi is, was egter meer akkuraat.
Und dieser Apfel blieb tief in Gregors Rücken stecken.
En hierdie appel het homself diep in Gregor se rug vasgesit.
Gregor wollte sich vor dem Schmerz davonreißen.
Gregor wou homself van die pyn wegsleep.
Vielleicht ließe sich diesem neuen, unvorstellbaren Schmerz entkommen.
Miskien kon hierdie nuwe, ongelooflike pyn ontsnap word.
Vielleicht würde ein Ortswechsel seine Qualen lindern.
Miskien sou 'n verandering van ligging sy lyding verlig.
Aber er fühlte sich, als wäre er am Boden festgenagelt.
Maar hy het gevoel asof hy teen die vloer vasgespyker is.
Er streckte sich aus, aber nur aufgrund seiner Verwirrung.
Hy het homself uitgestrek, maar slegs as gevolg van sy verwarring.
Erst mit seinem letzten Blick sah er, wie sich die Tür öffnete.
Eers met sy laaste kyk het hy die deur sien oopgaan.
Die Mutter stürzte vor die schreiende Schwester hinaus.
Die ma het voor die gillende suster uitgehardloop.

Die Schwester hatte sie ausgezogen, sodass sie nur noch ihr Hemd trug.

Die suster het haar uitgetrek, so sy was in haar hemp.

Sie hatte in ihrer Bewusstlosigkeit Freiraum gebraucht.

Sy het asemhalingsruimte in haar bewusteloosheid nodig gehad.

Er sah noch, wie die Mutter auf den Vater zulief.

Hy het steeds gesien hoe die ma na die pa toe hardloop.

Ihre Röcke rutschten einer nach dem anderen zu Boden.

Haar rompe het, een na die ander, op die grond gegly.

Er sah, wie sie auf den Vater zuging und über ihren Rock stolperte.

Hy het gesien hoe sy die pa nader kom en oor haar romp struikel.

Sie umarmte ihn und bat darum, Gregors Leben zu verschonen.

Sy het hom omhels en gevra dat Gregor se lewe gespaar word.

In völliger Einheit mit seinem Körper versagte auch sein Augenlicht.

In volkome eenheid met sy liggaam, het sy sig gefaal.

Teil Drei
Deel Drie

Gregor litt über einen Monat lang unter der schweren Verletzung.

Gregor het die ernstige besering vir meer as 'n maand opgedoen.

Der Apfel steckte fest; niemand wagte es, ihn zu entfernen.

Die appel het ingebed gebly; niemand het dit gewaag om dit te verwyder nie.

Der Apfel blieb als sichtbare Erinnerung in seinem Fleisch zurück.

Die appel het as 'n sigbare herinnering in sy vlees gebly.

Der Apfel diente dem Vater aber auch als Erinnerung.

Maar die appel het ook as 'n herinnering vir die vader gedien.

Ihm wurde klar, dass Gregor nicht wie ein Feind behandelt werden sollte.

Hy het besef Gregor moet nie soos 'n vyand behandel word nie.

Im Moment mag sein Erscheinungsbild traurig und abstoßend wirken.

Tans kan sy voorkoms hartseer en walglik wees.

Aber dennoch war er ein Mitglied ihrer Familie.

Maar nietemin, hy was steeds 'n lid van hulle familie.

Der Widerwille musste überwunden und toleriert werden.

Die teësinnigheid moes gesluk en geduld word.

Aufgrund seiner Verletzung könnte seine Beweglichkeit für immer verloren sein.

As gevolg van sy wond kan sy mobiliteit vir altyd verlore wees.

Er kroch immer noch in seinem Zimmer herum, aber viel langsamer.

Hy het steeds in sy kamer rondgekruip, maar baie stadiger.

Kriechen in irgendeiner Höhe war völlig ausgeschlossen.

Om op enige soort hoogte te kruip was buite die kwessie.

Gregor erhielt jedoch eine Form der Entschädigung.

Maar Gregor het wel een of ander vorm van vergoeding
ontvang.
Am Abend wurde ihm die Wohnzimmertür geöffnet.
In die aand is die sitkamerdeur vir hom oopgemaak.
**Und er war der Ansicht, dass diese
Wiedergutmachungszahlungen vollkommen angemessen
seien.**
En hy het gevoel dat hierdie vergoeding heeltemal voldoende
was.
**Noch vor Einbruch der Dunkelheit begann er, die Tür zu
beobachten.**
Voor die aand het hy reeds die deur begin dophou.
Er lag in der Dunkelheit, vom Wohnzimmer aus unsichtbar.
Hy het in die donkerte gelê, onsigbaar vanuit die sitkamer.
**Er konnte die ganze Familie an dem beleuchteten Tisch
sehen.**
Hy kon die hele gesin aan die verligte tafel sien.
Nun durfte er ihren Gesprächen zuhören.
Hy is nou toegelaat om na hul gesprekke te luister.
**Dies unterschied sich deutlich von ihrer vorherigen
Vereinbarung.**
Dit was heel anders as hul vorige reëling.
**Die lebhaften Gespräche vergangener Zeiten waren
verstummt.**
Die lewendige gesprekke van vroeër tye was verby.
**Das waren die Gespräche, nach denen er sich immer gesehnt
hatte.**
Dit was die gesprekke waarna hy verlang het.
Als er allein in kleinen Hotelzimmern schlief.
Toe hy alleen in klein hotelkamers geslaap het.
Als er sich in die feuchte Bettwäsche werfen musste.
Toe hy homself in die klam beddegoed moes gooi.
Die Abende verliefen nun meist ruhig und ereignislos.
Maar die aande was nou meestal stil en sonder enige
gebeurtenisse.
**Der Vater schlief nach dem Abendessen in seinem Sessel
ein.**

Die pa het na aandete in sy leunstoel aan die slaap geraak.

Und Mutter und Schwester ermahnten einander zur Stille.

En die moeder en suster het mekaar aangespoor om stil te bly.

Die Mutter beugte sich weit über die Lampe und nähte Leinen.

Die moeder, ver oor die lig geleun, het linne gestik.

Sie entwirft jetzt Kleider für eines der Modegeschäfte.

Sy het nou rokke vir een van die modewinkels gemaak.

Wie Gregor hatte auch die Schwester eine Stelle als Verkäuferin angenommen.

Soos Gregor, het die suster 'n werk as 'n verkoopsdame aanvaar.

Sie lernte abends Stenografie und Französisch.

Sy het saans snelskrif en Frans geleer.

Damit sie später vielleicht eine bessere Arbeitsstelle bekommen könnte.

Sodat sy dalk later 'n beter werksposisie kan kry.

Manchmal wachte der Vater von seinem abendlichen Nickerchen auf.

Soms het die pa uit sy aandslapies wakker geword.

"Liebling, du nähst heute schon so lange!"

"Liefie, jy het vandag al so lank naaiwerk gedoen!"

Er schien vergessen zu haben, dass er geschlafen hatte.

Dit het gelyk asof hy vergeet het dat hy geslaap het.

Doch er fiel sofort wieder in seinen Schlaf zurück.

Maar hy het dadelik weer in sy slaap teruggeval.

Und Mutter und Schwester lächelten einander müde an.

En die moeder en suster het moeg vir mekaar geglimlag.

Der Vater hatte eine seltsame neue Sturheit entwickelt.

Die pa het 'n vreemde nuwe koppigheid ontwikkel.

Selbst zu Hause weigerte er sich, seine Dieneruniform auszuziehen.

Selfs tuis het hy geweier om sy bediende-uniform uit te trek.

Und sein Morgenmantel hing nutzlos am Kleiderbügel.

En sy kamerjas het nutteloos aan die hanger gehang.

So schlief der Vater, vollständig bekleidet, in seinem Sessel.

So het die pa, volledig geklee, in sy leunstoel geslaap.

Es war, als ob er immer bereit wäre, seinen Dienst zu leisten.

Dit was asof hy altyd gereed was om sy diens te doen.

Als ob er nur auf die Stimme seines Vorgesetzten gewartet hätte.

Asof hy net gewag het vir die stem van sy meerdere.

Dies führte dazu, dass seine Uniform an Sauberkeit verlor.

Dit het daartoe gelei dat sy uniform sy netheid verloor het.

Obwohl die Uniform auch nicht neu war, als er sie bekam.

Alhoewel die uniform ook nie nuut was toe hy dit gekry het nie.

Und die Mutter tat ihr Bestes, um die Uniform zu pflegen.

En die moeder het haar bes gedoen om na die uniform om te sien.

Gregor verbrachte ganze Abende damit, diese Uniform anzusehen.

Gregor het hele aande na hierdie uniform gekyk.

Er beobachtete, wie der alte Mann äußerst unbequem schlief.

Hy het gekyk hoe die ou man baie ongemaklik slaap.

Doch im Schlaf bemerkte er auch etwas Friedliches.

Maar in sy slaap het hy ook iets vreedsaams opgemerk.

Als die Uhr zehn schlug, versuchte die Mutter, ihn zu wecken.

Toe die klok tien slaan, probeer die ma hom wakker maak.

Sie sprach leise und überredete ihn, ins Bett zu gehen.

Sy het stil gepraat en hom oorreed om te gaan slaap.

Denn auf dem Sessel zu schlafen war kein richtiger Schlaf.

Want om op die leunstoel te slaap was nie regte slaap nie.

Er musste um sechs Uhr mit der Arbeit beginnen.

Hy sou om sesuur moes begin werk.

Deshalb musste er unbedingt so gut wie möglich schlafen.

So hy moes regtig die beste moontlike slaap kry.

Doch er war von einer neuen Form der Sturheit ergriffen.

Maar hy was in die greep van 'n nuwe vorm van koppigheid.

Die Tatsache, dass er Diener geworden war, hatte begonnen, diese Wirkung auf ihn zu haben.

Om 'n dienaar te word, het hierdie effek op hom begin hê.

Deshalb bestand er immer darauf, länger am Tisch zu bleiben.

So het hy altyd daarop aangedring om langer aan tafel te bly.

Obwohl er regelmäßig wieder in seinem Sessel einschlief.

Alhoewel hy gereeld weer in sy stoel aan die slaap geraak het.

Und er ließ sich nur mit größter Mühe bewegen.

En hy kon slegs met die grootste moeite beweeg word.

Man musste ihm erklären, dass das Bett besser für ihn wäre.

Hy moes meegedeel word dat die bed beter vir hom sou wees.

Mutter und Schwester mussten nachdrücklich darauf bestehen, oft mit nur wenigen Vorwarnungen.

Ma en suster moes met klein waarskuwings aandring.

Fünfzehn Minuten lang schüttelte er nur langsam den Kopf.

Vir vyftien minute het hy net stadig sy kop geskud.

Und er hielt die Augen geschlossen und weigerte sich aufzustehen.

En hy het sy oë toe gehou en geweier om op te staan.

Die Mutter zupfte sanft, aber bestimmt an seinem Ärmel.

Die ma het aan sy mou getrek, saggies, maar ferm.

Und sie flüsterte ihm schmeichelhafte Worte in seine müden Ohren.

En sy het vleiende woorde in sy moeg ore gefluister.

Die Schwester unterbrach ihre Arbeit, um ihrer Mutter zu helfen.

Die suster het die taak waarmee sy besig was, verlaat om haar ma te help.

Doch keiner ihrer Versuche zeigte Wirkung beim Vater.

Maar nie een van hulle pogings het op die vader gewerk nie.

Er sank noch tiefer in seinen Stuhl, bereit zum Schlafen.

Hy het nog dieper in sy stoel gesink, gereed om te slaap.

Und schließlich packten ihn die Frauen unter den Achseln.

En uiteindelik het die vroue hom onder die oksels gegryp.

Er öffnete die Augen und blickte sie abwechselnd an.

Hy het sy oë oopgemaak en afwisselend na hulle gekyk.

„Was für ein Leben!", klagte er beim Zubettgehen.

"Wat 'n lewe is dit tog," het hy gekla terwyl hy gaan slaap het.

"Ist das der Frieden, der mir im Alter zuteilwurde?"

"Is dit die vrede wat ek in my oudag gekry het?"
Doch dann stützte er sich auf die beiden Frauen und stand unbeholfen auf.
Maar toe, terwyl hy op die twee vroue geleun het, het hy ongemaklik opgestaan.
Er tat so, als trüge er die schwerste Last.
Hy het opgetree asof hy die swaarste las dra.
Er ließ sich von den beiden Frauen bis ans andere Ende des Raumes führen.
Hy het die twee vroue hom na die einde van die kamer laat lei.
Dort wünschte er ihnen eine gute Nacht und ging dann allein weiter.
Daar het hy hulle naggesê en op sy eie voortgegaan.
Doch die Mutter warf hastig ihr Nähzeug hin.
Maar die ma het haastig haar naaldwerkstel neergegooi.
Und auch die Schwester legte den Stift und den Notizblock beiseite.
En die suster het ook die pen en die notaboek neergesit.
Und sie liefen hinter dem Vater her, um ihm weiter zu helfen.
En hulle het agter die pa aan gehardloop om hom verder te help.
Wer in dieser überarbeiteten Familie hatte schon Zeit für Gregor?
Wie in hierdie oorwerkte gesin het enige tyd vir Gregor gehad?
Wer hätte ihm mehr Aufmerksamkeit schenken können als nötig?
Wie kon hom meer aandag as nodig gegee het?
Das Haushaltsbudget wurde zunehmend eingeschränkt.
Die huishoudelike begroting het toenemend beperk geraak.
Um Geld zu sparen, mussten sie schließlich das Dienstmädchen entlassen.
Uiteindelik, om geld te spaar, moes hulle die bediende ontslaan.
Sie wurde durch eine stämmige, weißhaarige Frau ersetzt.

Sy is vervang met 'n dikbenige, witkopige vrou.

Diese Frau kam jedoch nur morgens und abends.

Maar hierdie vrou het net soggens en saans gekom.

Und die schwerste und härteste Arbeit wurde ihr aufgehoben.

En al die swaarste en hardste werk is vir haar gespaar.

Alle anderen Hausarbeiten wurden von der Mutter erledigt.

Al die ander take is deur die moeder behartig.

Es kam sogar vor, dass verschiedene Familienschmuckstücke verkauft wurden.

Dit het selfs gebeur dat verskeie familiejuwele verkoop is.

Schmuck, den die Frauen bei Feierlichkeiten mit Freude getragen hatten.

Juweliersware wat die vroue met graagte tydens vieringe gedra het.

Gregor erfuhr dies in einer der allgemeinen Diskussionen.

Gregor het dit uit een van die algemene besprekings geleer.

Die größte Beschwerde betraf jedoch etwas anderes.

Die grootste klagte was egter iets anders.

Die Wohnung war zu groß, aber sie konnten nicht ausziehen.

Die woonstel was te groot, maar hulle kon nie uittrek nie.

Es gab keine Möglichkeit, Gregor umzusiedeln.

Daar was geen manier waarop hulle Gregor kon hervestig het nie.

Gregor erkannte jedoch, dass es nicht nur um Rücksichtnahme ging.

Maar Gregor het besef dat dit nie net oorweging was nie.

Etwas anderes hielt sie davon ab, woanders hinzuziehen.

Iets anders het hulle gekeer om êrens anders heen te trek.

Er hätte problemlos in einer geeigneten Kiste transportiert werden können.

Hy kon maklik in 'n geskikte boks vervoer gewees het.

Ihre Gefühle völliger Hoffnungslosigkeit hielten sie zurück.

Hul gevoelens van algehele hopeloosheid het hulle teruggehou.

Sie wollten sich nicht eingestehen, dass sie vom Unglück getroffen worden waren.

Hulle wou nie erken dat ongeluk hulle getref het nie.

Was die Welt von armen Menschen verlangt, das haben sie erfüllt.

Wat die wêreld van arm mense eis, het hulle vervul.

Der Vater holte dem kleinen Bankangestellten das Frühstück.

Die pa het ontbyt vir die klein bankklerk gehaal.

Die Mutter opferte sich für die Wäsche von Fremden auf.

Die moeder het haarself opgeoffer vir vreemdelinge se wasgoed.

Die Schwester rannte hin und her, um die Bestellungen der Kunden aufzunehmen.

Die suster het heen en weer gehardloop vir die klante se bestellings.

Aber sie hatten einfach nicht mehr die Kraft, irgendetwas weiter zu tun.

Maar hulle het net nie die krag gehad om meer te doen nie.

Die Wunde in Gregors Rücken schmerzte nun noch mehr.

Die wond in Gregor se rug het nog meer begin seermaak.

Jeden Abend brachten Mutter und Schwester den Vater ins Bett.

Elke aand het ma en suster die pa bed toe gebring.

Sie ließen ihre Arbeit liegen und setzten sich zusammen.

Hulle het hul werk gelos waar dit was, en saam gaan sit.

Und sie rückten näher zusammen und saßen Wange an Wange.

En hulle het nader aan mekaar beweeg en wang teen wang gesit.

Die Mutter zeigte auf das Zimmer, von dem aus er zusah.

Die ma het na die kamer gewys van waar hy gekyk het.

"Würdest du die Tür schließen?", fragte sie die Schwester.

"Sal jy die deur toemaak," het sy die suster gevra.

Und dann war Gregor wieder allein in der Dunkelheit.

En toe is Gregor weer alleen in die donker gelaat.

Und im Nebenzimmer vermischten die Frauen ihre Tränen.

En in die volgende kamer het die vrou hulle trane gemeng.
Oder sie saßen mit trockenen Augen da und starrten einfach nur auf den Tisch.
Of hulle het droë oë gesit en bloot na die tafel gestaar.
Gregor schlief kaum, weder nachts noch tagsüber.
Gregor het skaars geslaap, nie nag of dag nie.
Er dachte oft darüber nach, wie er der Familie helfen könnte.
Hy het dikwels gedink oor hoe hy die gesin kon help.
Er dachte darüber nach, das Geld wieder für sie zu verdienen.
Hy het daaraan gedink om weer die geld vir hulle te verdien.
Er dachte darüber nach, das zu tun, was er früher für sie getan hatte.
Hy het daaraan gedink om te doen wat hy voorheen vir hulle gedoen het.
In seinen Gedanken erschien der Bevollmächtigte wieder.
In sy gedagtes het die gemagtigde verteenwoordiger teruggekom.
Und dieses Mal kam auch der Chef in die Wohnung.
En hierdie keer het die baas ook na die woonstel gekom.
Und die Angestellten und die Lehrlinge waren auch da.
En die klerke en die vakleerlinge was ook daar.
Sogar der etwas begriffsstutzige Büroangestellte kam, um ihn zu sehen.
Selfs die stadiggesette kantoorbediende het hom kom sien.
Es waren zwei oder drei Freunde aus anderen Branchen dabei.
Daar was twee of drie vriende van ander besighede.
Eine der Zimmermädchen aus einem Hotel in der Provinz.
Een van die kamermeisies van 'n hotel in die provinsies.
Eine kostbare und flüchtige Erinnerung, an der er festzuhalten versuchte.
'n Dierbare en vlietende herinnering waaraan hy probeer vashou het.
Eine Kassiererin aus einem Hutgeschäft, für die er Absichten hatte.

'n Kassier van 'n hoedewinkel vir wie hy voornemens gehad het.

Doch er war etwas zu langsam gewesen, um ihre Zustimmung zu gewinnen.

Maar hy was effens te stadig om haar goedkeuring te wen.

Sie alle tauchten in seinen Gedanken auf, vermischt mit Fremden.

Hulle het almal in sy gedagtes verskyn, gemeng met vreemdelinge.

Und andere erschienen nicht; sie waren bereits vergessen.

En ander het nie verskyn nie; hulle was reeds vergete.

Aber sie halfen weder ihm noch seiner Familie.

Maar hulle het hom nie gehelp nie, en hulle het ook nie die familie gehelp nie.

Sie waren unzugänglich, und er war froh, als sie weg waren.

Hulle was ontoeganklik, en hy was bly toe hulle weg is.

Er war nicht immer in der Stimmung, sich Sorgen um die Familie zu machen.

Hy was nie altyd lus om oor die familie bekommerd te wees nie.

Und er war voller Wut über die mangelnde Aufmerksamkeit.

En hy was gevul met woede van die gebrek aan aandag.

Und er konnte sich nichts vorstellen, worauf er Appetit hätte.

En hy kon hom niks voorstel waarvoor hy lus was nie.

Doch er schmiedete trotzdem Pläne, in die Speisekammer einzubrechen.

Maar hy het steeds planne gemaak om in die spens in te breek.

Und er würde sich alles nehmen, was ihm zustand.

En hy sou alles neem wat hy verdien het.

Die Schwester bemühte sich nicht mehr besonders um ihn.

Die suster het nie meer enige spesiale moeite vir hom gedoen nie.

Sie verschwendete keine Zeit mehr damit, darüber nachzudenken, wie sie ihm gefallen könnte.

Sy het nie meer tyd daaraan bestee om daaraan te dink om hom tevrede te stel nie.

Vor der Arbeit schob sie schnell etwas zu essen ins Zimmer.

Voor werk het sy vinnig kos in die kamer ingestoot.

Und am Abend kehrte sie die Essensreste schnell wieder zusammen.

En in die aand het sy die kos weer vinnig opgevee.

Ob er gegessen hatte oder nicht, bemerkte sie nicht mehr.

Of hy geëet het of nie, het sy nie meer opgemerk nie.

In den meisten Fällen blieb das Essen nun unberührt.

Meer dikwels as nie nou is die kos onaangeraak gelaat.

Abends huschte sie immer noch schnell durch den Raum.

Sy het steeds saans vinnig deur die kamer gevee.

Doch nun tat sie nur das Nötigste, und zwar so schnell wie möglich.

Maar nou het sy die absolute minimum gedoen, so vinnig as moontlik.

An den Mauern zogen sich Spuren von Schmutz entlang.

Strepe vuilgoed het langs die mure geloop.

Auf dem Boden lagen Staub- und Müllklumpen.

Bolle stof en rommel het op die vloer gelê.

Gregor missbilligte ihre Nachlässigkeit.

Gregor het sy afkeuring oor haar gebrek aan sorg getoon.

Er drehte sich in einem besonders markanten Winkel.

Hy het homself teen 'n besonder beduidende hoek gedraai.

Aber er hätte wochenlang in dieser Position bleiben können.

Maar hy kon weke lank in die posisie gebly het.

Seine Schwester hätte seine Unzufriedenheit nicht bemerkt.

Sy suster sou nie sy ontevredenheid opgemerk het nie.

Sie sah den Dreck genauso gut wie er, wenn nicht sogar besser.

Sy het die vuiligheid net so goed soos hy gesien, indien nie beter nie.

Aber sie hatte beschlossen, den Dreck dort zu lassen, wo er war.

Maar sy het besluit om die grond te los waar dit was.

Damals entwickelte sie eine völlig neue Sensibilität.

Destyds het sy 'n heeltemal nuwe sensitiwiteit aangeneem.

Sie hatte es sich zur Aufgabe gemacht, Gregors Zimmer zu reinigen.

Sy het die skoonmaak van Gregor se kamer haar verantwoordelikheid gemaak.

Die Familie war von ihrer freundlichen Rücksichtnahme sehr berührt.

Die familie was geraak deur haar vriendelike bedagsaamheid.

Einst hatte die Mutter sein Zimmer gründlich gereinigt.

Eenkeer het die ma sy kamer deeglik skoongemaak.

Erst nachdem sie mehrere Eimer Wasser verbraucht hatte, gelang es ihr.

Eers nadat sy 'n paar emmers water gebruik het, het sy daarin geslaag.

Die neu aufgetretene Feuchtigkeit im Zimmer schadete Gregor jedoch.

Die nuwe vog in die kamer het Gregor egter benadeel.

Und er lag breitbeinig, verbittert und regungslos auf dem Sofa.

En hy het breed, bitter en bewegingloos op die bank gelê.

Doch das war nur ihre erste Strafe für ihre Hilfeleistung.

Maar dit was slegs haar eerste straf vir hulp.

Die Schwester bemerkte schnell die Veränderung in Gregors Zimmer.

Die suster het die verandering in Gregor se kamer vinnig opgemerk.

Und sie rannte, zutiefst beleidigt, ins Wohnzimmer.

En sy het die sitkamer binnegehardloop, uiters beledig.

Ihre Mutter hob die Hände und versuchte, sie zu beschwören.

Haar ma het haar hande opgesteek en probeer om haar te smeek.

Doch trotz einer aufrichtigen Erklärung brach sie in Tränen aus.

Maar ten spyte van 'n opregte verduideliking, het sy in trane uitgebars.

**Der Vater erschrak natürlich und fuhr aus seinem Stuhl
hoch.**

Die pa het natuurlik uit sy stoel geskrik.

Und die beiden Eltern schauten fassungslos und hilflos zu.

En die twee ouers het verbaas en hulpeloos toegekyk.

Und schließlich gerieten auch ihre Gefühle in Aufruhr.

En uiteindelik het hul emosies ook opgewonde geraak.

Der Vater warf der Mutter vor, was sie getan hatte.

Die pa het die ma verwyt oor wat sy gedoen het.

**"Du hättest das Zimmer Grete zum Putzen überlassen
sollen."**

"Jy moes die kamer vir Grete gelos het om skoon te maak."

**Grete schrie die Mutter an, weil sie sein Zimmer aufgeräumt
hatte.**

Grete het na die ma geskree omdat sy sy kamer skoongemaak
het.

„Du darfst sein Zimmer nie wieder putzen!"

"Jy mag nooit weer sy kamer skoonmaak nie!"

Die Mutter versuchte, den Vater ins Schlafzimmer zu zerren.

Die ma het probeer om die pa die slaapkamer in te sleep.

**Die Schwester blieb zitternd und schluchzend im Zimmer
zurück.**

Die suster is in die kamer agtergelaat, bewerig en huilend.

**Und sie hämmerte mit ihren kleinen Fäustchen auf den
Tisch.**

En sy het met haar klein vuisies op die tafel geslaan.

Und Gregor zischte sie alle lautstark vor Wut an.

En Gregor het hardop in woede na hulle almal gesis.

**Warum war niemand auf die Idee gekommen, ihm die Tür
zu schließen?**

Waarom het niemand daaraan gedink om die deur vir hom
toe te maak nie?

Sie hätten ihm diesen Anblick und Lärm ersparen können.

Hulle kon hom hierdie gesig en geraas gespaar het.

**Die Schwester war erschöpft, als sie von der Arbeit nach
Hause kam.**

Die suster was uitgeput nadat sy van die werk af huis toe gekom het.

Und die Betreuung von Gregor bedeutete für sie noch mehr Arbeit.

En om vir Gregor te sorg was selfs meer werk vir haar.

Das bedeutete aber nicht, dass die Mutter es hätte tun sollen.

Maar dit het nie beteken dat die ma dit moes gedoen het nie.

Gregor hingegen sollte nicht vernachlässigt werden.

Gregor, aan die ander kant, moet nie verwaarloos word nie.

Aber jetzt hatten sie ein neues Dienstmädchen, das solche Dinge tun konnte.

Maar nou het hulle 'n nuwe bediende gehad wat sulke dinge kon doen.

Eine ältere Witwe mit kräftigem Knochenbau.

'n Bejaarde weduwee met 'n robuuste beenstruktuur.

Eine Statur, die ihr half, ihr schwieriges Leben zu überstehen.

'n Stigting wat haar gehelp het om haar moeilike lewe te oorleef.

Sie hatte keine wirkliche Abneigung gegen Gregors Erscheinung.

Sy het geen werklike afkeer van Gregor se voorkoms gehad nie.

Sie hatte versehentlich die Tür zu Gregors Zimmer geöffnet.

Sy het per ongeluk die deur na Gregor se kamer oopgemaak.

Es geschah nicht aus besonderer Neugierde bezüglich des Zimmers.

Dit was nie uit enige besondere nuuskierigheid oor die kamer nie.

Sie tat lediglich ihre Arbeit und öffnete dabei zufällig die Tür.

Sy het net haar werk gedoen, en toevallig die deur oopgemaak.

Gregor war natürlich völlig überrascht von ihr.

Gregor was natuurlik heeltemal verbaas deur haar.

Er wurde nicht verfolgt, aber er rannte hin und her.

Hy is nie gejaag nie, maar hy het heen en weer gehardloop.

Und sie verschränkte einfach die Arme und sah ihm beim Krabbeln zu.

En sy het net haar arms gevou en hom dopgehou terwyl hy kruip.

Seitdem hat sie ihm immer einen Spaltbreit die Tür geöffnet.

Sedertdien het sy altyd die deur 'n bietjie vir hom oopgemaak.

Eines Morgens schaute sie nach ihm, um zu sehen, wie es ihm ging.

Eenkeer in die oggend het sy ingekyk om te sien hoe dit met hom gaan.

Und am Abend sah sie nach ihm, bevor sie ging.

En in die aand het sy hom besoek, voordat sy vertrek het.

Zuerst versuchte sie auch, ihn zu sich zu rufen.

Aanvanklik het sy ook probeer om hom te roep om na haar toe te kom.

„Komm her, du alter Mistkäfer!", pflegte sie zu sagen.

"Kom hiernatoe, ou miskruier!" het sy altyd gesê.

Oder sie sagte freundlich: „Schau dir den alten Mistkäfer an!"

Of sy het vriendelik gesê: "Kyk na die ou miskruier!"

Gregor reagierte nie darauf, wenn man so mit ihm sprach.

Gregor het nooit gereageer toe hy so aangespreek is nie.

Er blieb stehen, ohne sich zu rühren, und ignorierte sie.

Hy het daar gebly, sonder om te beweeg, en haar geïgnoreer.

„Wenn man ihr doch nur gesagt hätte, wie man ihre Arbeit richtig macht."

"As sy maar net vertel was hoe om haar werk behoorlik te doen."

„Anstatt mich zu belästigen, sollte sie lieber mein Zimmer aufräumen."

"In plaas daarvan om my te pla, moet sy my kamer skoonmaak."

Eines Morgens prasselte ein heftiger Regenguss gegen die Fenster.

Eenkeer vroeg in die oggend het 'n swaar reën teen die vensters getref.

Vielleicht war der Regen bereits ein Zeichen für den kommenden Frühling.

Miskien was die reën reeds 'n teken van die komende lente.

Das Dienstmädchen begann wieder auf diese Weise mit ihm zu sprechen.

Die diensmeisie het weer eens so met hom begin praat.

Gregor war so verbittert, dass er sich umdrehte und ihr ins Gesicht sah.

Gregor was so verbitterd dat hy omgedraai het om haar in die gesig te staar.

Er war langsam und gebrechlich, aber es war eine Art Angriff.

Hy was stadig en swak, maar dit was soort van 'n aanval.

Das Dienstmädchen hingegen hatte überhaupt keine Angst vor Gregor.

Die diensmeisie was egter glad nie bang vir Gregor nie.

Stattdessen hob sie einen Stuhl hoch, der in der Nähe der Tür stand.

In plaas daarvan het sy 'n stoel opgetel wat naby die deur was.

Und sie stand da, ganz ruhig, mit weit geöffnetem Mund.

En sy het daar gestaan, kalm, met haar mond wyd oop.

Ihre Absichten waren klar, das konnte sogar Gregor erkennen.

Haar bedoelings was duidelik, selfs Gregor kon dit sien.

Und er drehte sich langsam um und kehrte zu seinem ursprünglichen Platz zurück.

En hy het stadig omgedraai na sy oorspronklike posisie.

"Sie wollen also nicht näher kommen, oder?"

"So jy wil dan nie nader kom nie, nè?"

Und sie stellte den Stuhl leise wieder in die Ecke.

En sy het die stoel stilweg terug in die hoek gesit.

Gregor aß kaum noch etwas.

Gregor het skaars meer enigiets geëet.

Manchmal blieb er bei seinen Rundgängen im Zimmer stehen.

Soms, terwyl hy deur die kamer stap, het hy stilgehou.

Und er befand sich neben dem für ihn zubereiteten Essen.
En hy het homself langs die kos bevind wat vir hom voorberei
is.
**Er steckte sich das Essen in den Mund, aber nur, um damit
zu spielen.**
Hy het die kos in sy mond gesit, maar net om daarmee te
speel.
**Und nicht selten spuckte er es nach ein paar Stunden wieder
aus.**
En heel dikwels het hy dit na 'n paar uur weer uitgespoeg.
**Er versuchte, einen Grund für seinen Appetitverlust zu
finden.**
Hy het probeer om 'n rede vir sy gebrek aan eetlus te vind.
**Vielleicht, weil er mit dem Zustand seines Zimmers
unzufrieden war.**
Miskien omdat hy hartseer was oor die toestand van sy kamer.
**Aber er hatte sich mit den Veränderungen im Raum
abgefunden.**
Maar hy het vrede gemaak met die veranderinge in die kamer.
**In letzter Zeit hatte sich sein Zimmer in eine Art
Abstellraum verwandelt.**
Onlangs het sy kamer 'n soort stoorkamer geword.
Sie hatten sich angewöhnt, Dinge dort liegen zu lassen.
Hulle het die gewoonte ontwikkel om goed daar te los.
Und nun lagen noch viele solcher Dinge in seinem Zimmer.
En daar was nou baie sulke dinge in sy kamer oor.
Weil ein Zimmer der Wohnung vermietet worden war.
Omdat een kamer van die woonstel verhuur was.
Drei ernsthafte Herren mieteten das Zimmer gemeinsam.
Drie ernstige here het die kamer saam gehuur.
Gregor hat sie einmal durch einen Türspalt erblickt.
Gregor het hulle eenkeer deur 'n kraak in die deur opgemerk.
Sie trugen Vollbärte und waren penibel gekleidet.
Hulle het vol baarde gehad en was noukeurig geklee.
Sie achteten penibel darauf, dass alles ordentlich blieb.
Hulle was nougeset om alles netjies te hou.

Ihr Hang zur Ordnung beschränkte sich nicht nur auf ihr Zimmer.

Hul aandrang op netheid het nie by hul kamer opgehou nie.

Die gesamte Wohnung musste tadellos sauber gehalten werden.

Die hele woonstel moes perfek skoon gehou word.

Sie legten sogar noch mehr Wert auf das Aussehen der Küche.

Hulle was selfs meer kieskeurig oor hoe die kombuis lyk.

Und unnötigen Unrat konnten sie nicht dulden.

En hulle kon geen onnodige rommel verdra nie.

Sie hatten auch ihre eigenen Möbel mitgebracht.

Hulle het ook hul eie meubels saamgebring.

Aus diesem Grund waren viele Dinge überflüssig geworden.

Om hierdie rede het baie dinge oorbodig geword.

Das waren Dinge, für die niemand Geld bezahlen würde.

Dit was dinge waarvoor niemand geld sou betaal nie.

Die Familie wollte diese Dinge aber auch nicht wegwerfen.

Maar die familie wou ook nie van hierdie goed ontslae raak nie.

All diese Dinge landeten irgendwo in Gregors Zimmer.

Al hierdie goed het êrens in Gregor se kamer gegaan.

Der Aschenbecher aus der Küche stand nun in seinem Zimmer.

Die asboks uit die kombuis is nou in sy kamer gehou.

Und der Müll wurde bis zum Abholtag in seinem Zimmer aufbewahrt.

En die vullis is in sy kamer gehou tot vullisdag.

Das Dienstmädchen warf alles, was sie nicht brauchte, in sein Zimmer.

Die bediende het enigiets wat sy nie nodig gehad het nie in sy kamer gegooi.

Zum Glück sah er nichts weiter als die Hand und den Gegenstand.

Gelukkig het hy niks meer as die hand en die voorwerp gesien nie.

Sie hatte wahrscheinlich vor, die Sachen später abzuholen.
Sy het waarskynlik bedoel om later terug te kom vir die goed.
**Oder vielleicht wollte sie einfach alles auf einmal
wegwerfen.**
Of miskien wou sy alles in een slag weggooi.
Doch alles blieb dort, wo es ursprünglich gelandet war.
Alles het egter gebly waar dit aanvanklik geland het.
**Es sei denn, Gregor bewegte den Schrott, indem er sich
hindurchzwängte.**
Tensy Gregor die rommel geskuif het deur daardeur te wriuel.
**Zuerst musste er sich durch den ganzen Schrott
hindurchkriechen.**
Aanvanklik was hy gedwing om deur al die rommel te kruip.
Es gab für ihn keine Möglichkeit, dies zu vermeiden.
Daar was geen moontlikheid vir hom om dit te vermy nie.
Später fand er jedoch tatsächlich Freude an dieser Tätigkeit.
Maar later het hy eintlik plesier in hierdie aktiwiteit gevind.
**Diese Anstrengung hinterließ ihn jedoch traurig und
zutiefst erschöpft.**
Alhoewel sulke poging hom hartseer en diep moeg gelaat het.
Und danach war er viele Stunden lang bewegungsunfähig.
En daarna kon hy vir baie ure nie beweeg nie.
Die Untermieter aßen manchmal im Wohnzimmer.
Die loseerders het soms hul ete in die sitkamer geëet.
Die Wohnzimmertür blieb an diesen Abenden geschlossen.
Die sitkamerdeur het daardie aande toe gebly.
**Gregor hatte aber keine Schwierigkeiten, die Tür jetzt nicht
zu öffnen.**
Maar Gregor het geen moeite gehad om nie nou die deur oop
te maak nie.
**Selbst wenn die Tür offen war, schaute er nicht immer
hinaus.**
Selfs wanneer die deur oop was, het hy nie altyd uitgekyk nie.
Doch er legte sich in die dunkelste Ecke des Zimmers.
Maar hy het homself in die donkerste hoek van die kamer
gaan lê.

Auch der Familie fiel seine mangelnde Aufmerksamkeit nicht auf.

Die familie het ook nie sy gebrek aan aandag opgemerk nie.

Doch einmal ließ das Dienstmädchen die Tür offen.

Maar daar was een keer dat die bediende die deur oopgelaat het.

Die Tür blieb auch dann offen, als die Mieter zurückkehrten.

Die deur het oopgebly selfs toe die loseerders teruggekeer het.

Und die Tür war offen, als das Licht eingeschaltet wurde.

En die deur was oop toe die lig aangeskakel is.

Der Mann saß an dem Tisch, an dem die Familie zu Abend aß.

Die man het aan die tafel gesit waar die gesin aandete geëet het.

Vater, Mutter und Gregor saßen dort in früheren Zeiten.

Vader, moeder en Gregor het daar in vroeër tye gesit.

Sie entfalteten die Servietten und nahmen Messer und Gabeln.

Hulle het die servette oopgevou en messe en vurke geneem.

Die Mutter erschien mit einer Schüssel Fleisch in der Tür.

Die ma het in die deuropening verskyn met 'n bak vleis.

Dann kam die Schwester mit einer Schüssel voller Kartoffeln herein.

Toe kom die suster in met 'n bak vol aartappels.

Die Untermieter beugten sich über die vor ihnen aufgestellten Schüsseln.

Die loseerders het oor die bakke gebuk wat voor hulle geplaas is.

Der dichte Rauch des Essens stieg ihnen bis in die Nasen.

Die swaar rook van die kos het tot by hulle neuse gestoom.

Aber sie hatten noch nicht entschieden, ob sie das Essen essen würden.

Maar hulle het nog nie besluit of hulle die kos sou eet nie.

Vielleicht würden sie das Essen zurück in die Küche schicken.

Miskien sou hulle die kos terug na die kombuis stuur.

Der Mann in der Mitte schien die Autoritätsperson zu sein.

Die man wat in die middel gesit het, het gelyk of hy die gesag was.

Er schnitt das Fleisch an, um festzustellen, ob es zart genug war.

Hy het die vleis gesny om te bepaal of dit sag genoeg was.

Er war zufrieden mit dem Geruch und Aussehen des Essens.

Hy was tevrede met hoe die kos geruik en gelyk het.

Die Mutter und die Schwester hatten sie ängstlich beobachtet.

Die ma en suster het hulle angstig dopgehou.

Und sie begannen zu lächeln, begleitet von einem Seufzer der aufgestauten Erleichterung.

En hulle het begin glimlag met 'n sug van opgeboude verligting.

Die Familie selbst wollte in der Küche essen.

Die gesin self sou in die kombuis eet.

Doch zuerst ging der Vater nach den Untermietern sehen.

Maar eers het die pa gaan kyk hoe dit met die loseerders gaan.

Er verbeugte sich einmal und hielt dabei seine Arbeitsmütze in der Hand.

Hy het een keer gebuig, terwyl hy sy werkpet in sy hand gehou het.

Und er ging einmal im Kreis um den Tisch herum, zu jedem Gast.

En hy het 'n sirkel om die tafel geloop, na elke gas toe

Die Untermieter standen alle auf und murmelten in ihre Bärte.

Die loseerders het almal opgestaan en in hul baarde gemompel.

Nachdem er gegangen war, aßen sie in fast völliger Stille.

Nadat hy weg is, het hulle in byna algehele stilte geëet.

Gregor fand es seltsam, dass er Kaugeräusche hörte.

Dit het vir Gregor vreemd gelyk dat hy kou kon hoor.

Kein anderer Aspekt des Essens schien Geräusche zu verursachen.

Geen ander aspek van eet het enige geluid gemaak nie.

Aber er konnte deutlich hören, wie Zähne aufeinander knirschten.

Maar hy kon duidelik hoor hoe die tande teen mekaar kners.

Sie schienen ihm sagen zu wollen, dass er Zähne zum Essen brauche.

Dit het gelyk asof hulle vir hom sê hy het tande nodig om te eet.

"Ohne Zähne im Kiefer kann man gar nichts machen."

"Jy kan niks doen as jou kake tandloos is nie."

„Ich möchte etwas essen", sagte Gregor ängstlich.

"Ek wil graag iets eet," sê Gregor angstig.

„Aber ich habe keinen Appetit auf das, was ihr alle esst."

"Maar ek het geen lus vir wat julle almal eet nie."

„Seht euch an, wie diese Mieter essen, und ich verhungere hier."

"Kyk hoe hierdie loseerders eet, en hier is ek besig om honger te sterf."

Gregor dachte an diesem Abend zufällig an die Geige.

Gregor het daardie aand toevallig aan die viool gedink.

Er hatte die Geige seit der Verwandlung nicht mehr gehört.

Hy het sedert die transformasie nie die viool gehoor nie.

Doch dann, an diesem Abend, ertönte ein Geräusch aus der Küche.

Maar toe, vanaand, kom daar 'n geluid uit die kombuis.

Die Herren hatten ihr Abendessen bereits beendet.

Die here het reeds hul aandete klaargemaak.

Der mittlere Herr hatte begonnen, eine Zeitung zu lesen.

Die middelste heer het begin om 'n koerant te lees.

Den beiden anderen Herren hatte er jeweils ein Blatt gegeben.

Hy het vir die ander twee here elk 'n laken gegee.

Und nun lehnten sie sich zurück, lasen und rauchten.

En nou het hulle agteroor geleun en gelees en gerook.

Als die Geige zu spielen begann, wurden sie aufmerksam.

Toe die viool begin speel, het hulle aandagtig geword.

Sie standen auf und gingen auf Zehenspitzen zur Tür des Vorzimmers.

Hulle het opgestaan en op hul tone na die voorkamerdeur geloop.

Hier standen sie eng beieinander und lauschten an der Tür.
Hier het hulle saamgedrom en by die deur geluister.

Die Familie muss die Männer aus der Küche gehört haben.
Die familie moes die mans van in die kombuis gehoor het.

Denn der Vater rief sie und fragte sie:
Omdat die vader na hulle geroep en hulle gevra het;

"Ist die Geige für die Herren vielleicht unbequem?"
"Is die viool dalk ongemaklik vir die here?"

„Wenn Ihnen die Musik nicht gefällt, können wir sofort aufhören.“
"As jy nie van die musiek hou nie, kan ons dadelik ophou."

„Im Gegenteil“, sagte der mittlere der beiden Herren.
"Inteendeel," het die middelste van die here gesê.

Möchte die junge Dame in unserem Zimmer Geige spielen?
"Wil die jong dame graag viool in ons kamer speel?"

„Hier ist es definitiv viel komfortabler und gemütlicher.“
"Dit is beslis baie meer gemaklik en knus hier."

Der Vater antwortete, als wäre er selbst der Geiger.
Die pa het geantwoord asof hy self die violis was.

"Oh bitte, das wäre wunderbar", rief der Vater.
"Ag asseblief, dit sou wonderlik wees," het die pa uitgeroep.

Die Herren kehrten ins Wohnzimmer zurück und warteten.
Die here het na die sitkamer teruggekeer en gewag.

Bald darauf kam der Vater mit dem Notenständer ins Zimmer.
Gou het die pa met die musiekstaander die kamer binnegekom.

Die Mutter kam mit dem Notenbuch ins Zimmer.
Die ma het met die musiekboek die kamer binnegekom.

Und die Schwester kam mit der Geige ins Zimmer.
En die suster het met die viool die kamer binnegekom.

Sie bereitete in aller Ruhe alles vor, um Geige zu spielen.
Sy het kalm alles voorberei om viool te speel.

Die Eltern übertrieben ihre Höflichkeit und ihr Benehmen.
Die ouers het hul beleefdheid en maniere oordryf.

Sie hatten zuvor noch nie Zimmer an Untermieter vermietet.

Hulle het nog nooit tevore kamers aan loseerders verhuur nie.

Und sie trauten sich nicht einmal, auf ihren eigenen Stühlen zu sitzen.

En hulle het nie eens gewaag om op hul eie stoele te sit nie.

Statt sich hinzusetzen, lehnte sich der Vater gegen die Tür.

In plaas van om te sit, het die pa teen die deur geleun.

Seine rechte Hand befand sich zwischen zwei Knöpfen seines Mantels.

Sy regterhand was tussen twee knope van sy jas.

Der Mutter wurde jedoch von einem Herrn ein Stuhl angeboten.

Die moeder is egter deur 'n heer 'n stoel aangebied.

Aber sie setzte sich an die Stelle, wo der Herr den Stuhl hingestellt hatte.

Maar sy het gesit waar die heer die stoel neergesit het.

Und er hatte den Stuhl nicht an einem bestimmten Ort aufgestellt.

En hy het die stoel nêrens spesifiek geplaas nie.

So saß die Mutter abseits von allen anderen in einer Ecke.

So het die moeder apart van almal in 'n hoekie gesit.

Und schließlich begann die Schwester Geige zu spielen.

En uiteindelik het die suster begin viool speel.

Die Eltern auf den gegenüberliegenden Seiten beobachteten das Geschehen aufmerksam.

Die ouers, aan teenoorgestelde kante, het noukeurig aandag gegee.

Und sie beobachteten jede Bewegung ihrer Hand genau.

En hulle het elke beweging van haar hand noukeurig dopgehou.

Gregor war auch vom Geigenspiel fasziniert.

Gregor was ook aangetrokke deur die speel van die viool.

Und er wagte sich ein Stück weiter aus seinem Zimmer hinaus.

En hy het 'n entjie verder uit sy kamer gewaag.

Er hatte den Kopf schon im Wohnzimmer.

Hy was reeds met sy kop binne-in die sitkamer.

Er war stets sehr stolz darauf, besonders rücksichtsvoll zu sein.

Hy was baie trots daarop om baie bedagsaam te wees.

Doch in letzter Zeit hinterfragte er seine Nachlässigkeit kaum noch.

Maar onlangs het hy skaars sy gebrek aan sorg bevraagteken.

Auch wenn er jetzt mehr Grund hatte, sich zu verstecken als zuvor.

Al het hy nou meer rede gehad om weg te kruip as voorheen.

Weil sein Zimmer mit Staub und allerlei Schmutz bedeckt war.

Omdat sy kamer bedek was met stof en verskillende vuiligheid.

Die geringste Bewegung wirbelte allerlei Schmutz auf.

Die geringste beweging het allerhande vuiligheid opgewaai.

Der ganze Dreck klebte an ihm: Staub, Haare, Essensreste.

Al hierdie vuiligheid het aan hom vasgeklou; stof, hare, kos het oorgebly.

Er hätte den Schmutz am Teppich abreiben können.

Hy kon die vuilgoed teen die mat afgevryf het.

Das tat er mehrmals täglich.

Dit was iets wat hy verskeie kere per dag gedoen het.

Doch seine Gleichgültigkeit gegenüber allem war viel zu groß.

Maar sy onverskilligheid teenoor alles was veel te groot.

Deshalb hatte er keine Angst, noch ein Stück weiterzugehen.

Hy was dus nie bang om 'n bietjie verder vorentoe te beweeg nie.

Und er betrat den makellosen Wohnzimmerboden.

En hy het na die sitkamer se onberispelike vloer beweeg.

Doch niemand bemerkte ihn oder schenkte ihm Beachtung.

Niemand het hom egter opgemerk of aandag aan hom geskenk nie.

Die Familie war völlig in das Konzert vertieft.

Die familie was heeltemal verdiep in die konsert.

Die Herren hingegen zogen sich zunächst zurück.

Die here, aan die ander kant, het aanvanklik teruggetrek.

Und sie standen dicht hinter dem Notenständer der Schwester.

En hulle het dig agter die suster se musiekstaander gestaan.

Wenn sie hingesehen hätten, hätten sie die Noten sehen können.

As hulle gekyk het, kon hulle die musieknote gesien het.

Dies hätte die Schwester natürlich beunruhigt.

Dit sou natuurlik die suster ontstel het.

Dann blieben sie am Fenster stehen, anstatt sich hinzusetzen.

Toe het hulle by die venster gestaan, eerder as om te sit.

Mit den Händen in den Taschen redeten sie weiter.

Met hulle hande in hulle sakke het hulle aanhou praat.

Sie blieben dort, während der Vater ängstlich zusah.

Hulle het daar gebly terwyl die pa angstig toegekyk het.

Man hatte den Eindruck, dass sie andere Erwartungen hatten.

'n Mens het die indruk gekry dat hulle ander verwagtinge gehad het.

Und es schien wirklich so, als wären sie enttäuscht gewesen.

En dit het regtig gelyk asof hulle teleurgesteld was.

Es schien, als hätten sie genug von der Vorstellung.

Dit het gelyk asof hulle genoeg van die prestasie gehad het.

Sie hatten zugelassen, dass die Geige ihren Frieden störte.

Hulle het toegelaat dat die viool hulle rus versteur.

Und sie tolerierten die Musik nur aus Höflichkeit.

En hulle het die musiek slegs uit beleefdheid geduld.

Besonders beunruhigend war, wie sie den Rauch wegbliesen.

Hoe hulle die rook weggewaai het, was veral ontstellend.

Und dennoch spielte sie so wunderschön Geige.

En tog het sy so pragtig viool gespeel.

Ihr Gesicht war leicht zur Seite geneigt, auf der Geige.

Haar gesig was saggies na die kant gekantel, op die viool.

Ihr Blick wanderte traurig die Notenlinien entlang.

Haar oë het hartseer langs die musieklyne gesoek.

Gregor fühlte sich ein wenig mehr ins Wohnzimmer hineingezogen.

Gregor het 'n bietjie meer die sitkamer ingetrek gevoel.

Er hielt den Kopf dicht am Boden, blickte aber nach oben.

Hy het sy kop naby die grond gehou, maar opwaarts gekyk.

Vielleicht würde sich so der Blick seiner Schwester mit seinem treffen.

Miskien sal sy suster se blik só sy oë ontmoet.

Kann man wirklich sagen, dass er nur ein Tier war?

Kan daar werklik gesê word dat hy net 'n dier was?

War er etwa ein Tier, wenn ihn Musik so fesseln konnte?

Was hy 'n dier as musiek hom so kon boei?

Er hatte das Gefühl, ihm sei ein Weg zu unbekannter Nahrung gezeigt worden.

Hy het gevoel asof hy 'n pad na onbekende voeding gewys is.

Vielleicht war dies die Nahrung, die ihm fehlte.

Miskien was dít die voeding wat hy kortgekom het.

Er war fest entschlossen, zu seiner Schwester zu gelangen.

Hy was vasbeslote om sy pad na sy suster te vind.

Er wollte an ihrem Rock zupfen, um ihre Aufmerksamkeit zu erregen.

Hy wou aan haar rok trek om haar aandag te trek.

Er wollte ihr eine Art Einladung signalisieren.

Hy wou haar 'n aanduiding gee van 'n uitnodiging.

„Komm und spiel Geige in meinem Zimmer", wollte er sagen.

"Kom speel viool in my kamer," wou hy sê.

Er wollte, dass sie für ihre wunderschöne Musik belohnt wird.

Hy wou hê sy moes beloon word vir haar pragtige musiek.

"Niemand hier belohnt dich dafür, dass du Geige spielst."

"Niemand hier beloon jou vir die speel van die viool nie."

Er wollte sie nicht mehr aus seinem Zimmer lassen.

Hy wou haar nie meer uit sy kamer laat nie.

Er wollte, dass sie so lange bei ihm blieb, wie er lebte.

Hy wou hê sy moes so lank as wat hy leef by hom bly.

Zum ersten Mal hatte seine Verwandlung einen Vorteil.

Vir die eerste keer het sy transformasie 'n voordeel gehad.

Seine Missbildung würde ihm nun endlich noch von Nutzen sein.

Sy misvorming sou uiteindelik vir hom nuttig word.

Er wollte gleichzeitig an allen vier Türen sein.

Hy wou gelyktydig by al vier deure wees.

Er wollte sie von allen Seiten anfauchen und anspucken.

Hy wou van alle kante af sis en na hulle spoeg.

Seine Schwester sollte nicht gezwungen werden, bei ihm zu bleiben.

Sy suster moenie gedwing word om by hom te bly nie.

Er wollte, dass sie sich freiwillig dafür entschied, bei ihm zu bleiben.

Hy wou hê sy moes vrywillig kies om by hom te bly.

Sie wollte sich neben ihn setzen und sich zu ihm hinunterbeugen.

Sy wou langs hom sit en na hom toe leun.

Und er wollte ihr von der Musikschule erzählen.

En hy wou haar van die musiekskool vertel.

Er hatte die feste Absicht, sie auf die Akademie zu schicken.

Hy het die vaste voorneme gehad om haar na die akademie te stuur.

Das hätte er allen schon letztes Weihnachten erzählt.

Hy sou almal hiervan verlede Kersfees vertel het.

War Weihnachten etwa schon wieder vorbei?

Het Kersfees werklik al weer gekom en gegaan?

Und er hätte sich von niemandem davon abbringen lassen.

En hy sou nie toegelaat het dat enigiemand hom daarvan afskrik nie.

Doch dann setzte das Unglück allem ein Ende.

Maar toe het die ongelukkige ongeluk alles tot stilstand gebring.

Die Schwester wäre von ihren Gefühlen überwältigt gewesen.

Die suster sou oorweldig gewees het deur emosie.

Und dann wäre Gregor bis auf ihre Schulter geklettert.

En dan sou Gregor tot op haar skouer geklim het.

Und er hätte sie getröstet, indem er ihren Hals geküsst hätte.

En hy sou haar getroos het deur haar nek te soen.

„Herr Samsa!", rief der Mann in der Mitte dem Vater zu.

"Meneer Samsa!" het die man in die middel na die pa geroep.

Er zeigte mit dem Zeigefinger nach unten auf Gregor.

Hy het met sy wysvinger na Gregor gewys.

Gregor bewegte sich langsam über den Wohnzimmerboden.

Gregor het stadig oor die sitkamervloer beweeg.

Das Geigenspiel verstummte sehr schnell.

Die vioolspel het baie vinnig stil geword.

Der mittlere der drei Männer lächelte seine Freunde an.

Die middelste van die drie mans het vir sy vriende geglimlag.

Dann schüttelte er den Kopf und blickte zurück zu Gregor.

Toe skud hy sy kop en kyk terug na Gregor.

Der Vater hätte Gregor zurück in sein Zimmer schicken können.

Die pa kon Gregor terug na sy kamer gedwing het.

Das war jedoch nicht die erste Maßnahme, zu der er sich entschloss.

Maar dit was nie die eerste aksie waarop hy besluit het nie.

Er hielt es für wichtiger, die Herren zu beruhigen.

Hy het gedink dit was belangriker om die here te kalmeer.

Obwohl sie von Gregor eigentlich überhaupt nicht verärgert waren.

Alhoewel hulle glad nie regtig ontsteld was deur Gregor nie.

Gregor schien unterhaltsamer als das Geigenspiel.

Gregor het meer vermaaklik gelyk as die vioolspel.

Er eilte mit ausgestreckten Armen auf sie zu.

Hy het met uitgestrekte arms na hulle toe gehardloop.

Er gab sein Bestes, um ihren Blick auf Gregor zu verbergen.

Hy het sy bes probeer om hulle siening van Gregor te bedek.

Und er versuchte, sie zur Rückkehr in ihr Zimmer zu bewegen.

En hy het probeer om hulle terug in hul kamer aan te moedig.

Das hat sie eher ein wenig verärgert.

As enigiets, het dit hulle eintlik 'n bietjie geïrriteerd gemaak.

Es war aber schwer zu sagen, was genau sie störte.

Maar dit was moeilik om te sê presies wat hulle gepla het.

Der Vater verdarb die abendliche Unterhaltung.

Die pa het die vermaak van die aand bederf.

Aber sie hatten auch gerade erst von ihrem neuen Mitbewohner erfahren.

Maar hulle het ook pas van hul nuwe woonstelmaat gehoor.

Sie hoben die Hände, genau wie der Vater es getan hatte.

Hulle het hulle hande opgesteek net soos die pa gedoen het.

Sie verlangten vom Vater eine sofortige Erklärung.

Hulle het 'n onmiddellike verduideliking van die pa geëis.

Sie zupften unruhig an ihren Bärten, um eine Antwort zu bekommen.

Hulle het rusteloos aan hul baarde getrek vir 'n antwoord.

Und sie bewegten sich rückwärts in ihr Zimmer, aber sehr langsam.

En hulle het agteruit na hul kamer beweeg, maar baie stadig.

Die Unterbrechung hatte die Schwester in eine Trance versetzt.

Die onderbreking het die suster in 'n beswyming gebring.

Sie ließ Geige und Bogen an ihrer Seite herabhängen.

Sy het die viool en die strykstok langs haar sye laat hang.

Und sie blickte auf die Notenblätter, als ob sie immer noch spielen würde.

En sy het na die bladmusiek gekyk asof sy nog speel.

Doch dann zog sie sich plötzlich wieder ins Zimmer zurück.

Maar toe trek sy haarself skielik terug die kamer in.

Und sie hatte nun das Gefühl, verloren zu sein, überwunden.

En sy het nou die gevoel van verlorenheid oorkom.

Sie legte das Musikinstrument auf den Schoß ihrer Mutter.

Sy het die musiekinstrument op haar ma se skoot neergesit.

Die Mutter saß schwer atmend auf dem Stuhl.

Die ma het in die stoel gesit en swaar asemgehaal.

Und dann musste die Schwester ins Nebenzimmer rennen.

En toe moes die suster na die volgende kamer hardloop.

Sie musste alles für die Herren vorbereiten.

Sy moes alles gereed kry vir die here.

Sie warf die Decken und Kissen in die Luft.
Sy het die komberse en kussings in die lug opgegooi.
Und mit ihren geschickten Händen richtete sie die gesamte Bettwäsche her.
En met haar vaardige hande het sy al die beddegoed gerangskik.
Sie war schon fertig, bevor die Herren den Raum erreichten.
Sy was klaar voordat die here die kamer bereik het.
Und sie verschwand, bevor sie ihnen in die Quere kam.
En sy het uitgeglip voordat sy in hulle pad gekom het.
Der Vater schien von seiner eigenen Sturheit beherrscht zu sein.
Dit het gelyk of die pa deur sy eie koppigheid in die greep was.
Und so vergaß er jeglichen Respekt, den er seinen Mietern schuldete.
En so het hy al die respek vergeet wat hy aan sy huurders verskuldig was.
Er drängte und drängte, bis deren Sprecher Einspruch erhob.
Hy het gedruk en gedruk totdat hul woordvoerder beswaar gemaak het.
Als er die Tür erreichte, stampfte er wütend mit dem Fuß auf.
Hy het woedend met sy voet gestamp toe hy by die deur kom.
Und damit brachte er den Vater zum Schweigen.
En daardeur het hy die vader tot stilstand gebring.
„Hiermit erkläre ich", begann er sich an seinen Vermieter zu wenden.
"Ek verklaar hiermee," het hy sy huisheer begin aanspreek.
Und er hob die Hand und blickte die ganze Familie an.
En hy het sy hand opgesteek en na die hele familie gekyk.
„Hinsichtlich der widerlichen Zustände im Zimmer;"
"Met betrekking tot die walglike toestande van die kamer;"
Und er sorgte dafür, dass alle seinen Worten zuhörten.
En hy het seker gemaak dat almal na sy woorde luister.
"Hiermit kündige ich meinen Auszug aus meinem Zimmer."
"Ek gee hiermee kennis dat ek my kamer sal ontruim."

Und er unterstrich seine Aussage zusätzlich, indem er auf den Boden spuckte.

En hy het sy punt verder gemaak deur op die grond te spoeg.

„Auch die Tage, die ich hier gelebt habe, werde ich nicht bezahlen."

"Ek sal ook nie betaal vir die dae wat ek hier gewoon het nie."

Mit dieser Rückerstattung war er allerdings nicht ganz zufrieden.

Hy was egter nie heeltemal tevrede met hierdie terugbetaling nie.

„Und ich werde erwägen, weitere Forderungen an Sie zu stellen."

"En ek sal oorweeg om ander eise teen jou te stel."

„Glauben Sie mir, solche Forderungen lassen sich sehr leicht rechtfertigen."

"Glo my, sulke eise sal baie maklik wees om te regverdig."

Er schwieg und blickte den Vater direkt an.

Hy was stil en het reguit vorentoe na die pa gekyk.

Er schien zu erwarten, dass noch etwas passieren würde.

Hy het gelyk of hy verwag het dat iets meer sou gebeur.

Tatsächlich hatten seine beiden Freunde sofort die gleiche Idee.

Trouens, sy twee vriende het dadelik dieselfde idee gehad.

„Wir stornieren auch unsere Zimmer", sagten sie unisono.

"Ons kanselleer ook ons kamers," het hulle in koor gesê.

Dann packte er den Türgriff und schloss die Tür.

Toe gryp hy die deurhandvatsel en maak die deur toe.

Und mit einem lauten Knall schlossen sie sich in ihrem Zimmer ein.

En met 'n harde slag het hulle hulself in hul kamer toegesluit.

Der Vater taumelte mit tastenden Händen zu seinem Stuhl.

Die pa het met tasende hande na sy stoel gestruikel.

Und er ließ sich besiegt in den Stuhl fallen.

En hy het homself verslaan in die stoel laat val.

Es sah so aus, als ob er seinen üblichen Abendschlaf halten würde.

Dit het gelyk asof hy sy gewone aandslapie gaan doen.

Sein Kopf nickte jedoch fast so, als ob er nicht gestützt würde.

Maar sy kop het geknik amper asof dit nie ondersteun word nie.

Und man konnte sehen, dass er überhaupt nicht schlief.

En dit kon gesien word dat hy glad nie geslaap het nie.

Während all dem hatte Gregor sich nicht von der Stelle gerührt.

Deur dit alles het Gregor nie van sy plek af beweeg nie.

Er befand sich noch immer an der Stelle, wo die Herren ihn zuerst gesehen hatten.

Hy was steeds waar die here hom die eerste keer gesien het.

Selbst wenn er umziehen wollte, fand er es unmöglich.

Selfs al wou hy trek, het hy dit onmoontlik gevind.

Entweder aus Enttäuschung oder aus Hunger.

As gevolg van sy teleurstelling, of as gevolg van sy honger.

Er war enttäuscht über das Scheitern seines Plans.

Hy was teleurgesteld oor die mislukking van sy plan.

Und er war geschwächt von dem anhaltenden Hunger, den er verspürte.

En hy was swak van die langdurige honger wat hy gevoel het.

Er war sich sicher, dass sich jeden Moment alle gegen ihn wenden würden.

Hy was seker almal sou enige oomblik teen hom draai.

In Erwartung des unmittelbar bevorstehenden Zusammenbruchs wartete er.

Met hierdie verwagting van dreigende ineenstorting het hy gewag.

Die Geige begann vom Schoß der Mutter zu rutschen.

Die viool het van die ma se skoot begin afgly.

Mit einem ohrenbetäubenden Geräusch fiel die Geige zu Boden.

Met 'n dawerende geluid het die viool op die grond geval.

Doch selbst dieses plötzliche Krachen ließ ihn nicht erschrecken.

Maar selfs hierdie skielike gekraakgeluid het hom nie laat skrik nie.

„Liebe Eltern", sagte die Schwester, „so kann es nicht weitergehen."

"Liewe ouers," het die suster gesê, "dit kan nie aangaan nie."

Und um ihrer Aussage Nachdruck zu verleihen, schlug sie mit der Hand auf den Tisch.

En sy het haar hand op die tafel geslaan om haar punt te maak.

"Ich werde den Namen meines Bruders vor diesem Monster nicht aussprechen."

"Ek sal nie my broer se naam voor hierdie monster sê nie."

„Deshalb sage ich es so deutlich wie möglich:"

"Daarom sê ek dit so botweg as moontlik:"

„Uns bleibt keine andere Wahl, als dieses Tier loszuwerden."

"Ons het geen ander keuse as om van hierdie dier ontslae te raak nie."

„Wir haben unser Bestes getan, um dieses Tier zu tolerieren und zu pflegen."

"Ons het ons bes gedoen om hierdie dier te verdra en te versorg."

„Ich glaube nicht, dass uns irgendjemand auch nur im Geringsten die Schuld geben kann."

"Ek dink nie enigiemand kan ons enigsins blameer nie."

„Sie hat tausendfach Recht", stimmte der Vater zu.

"Sy is duisend keer reg," het die pa saamgestem.

Die Mutter hatte noch immer nicht wieder richtig Luft bekommen.

Die ma het nog nie heeltemal haar asem herwin nie.

Sie begann dumpf in ihre Hand zu husten und atmete schwer.

Sy het dof in haar hand begin hoes en swaar asemgehaal.

Und in ihren Augen begann sich ein wahnsinniger Ausdruck abzuzeichnen.

En 'n waansinnige uitdrukking het in haar oë begin verskyn.

Die Schwester eilte zu ihrer Mutter und hielt sich die Stirn.

Die suster het na haar ma gehardloop en haar voorkop vasgehou.

**Der Vater schien von den Worten der Schwester inspiriert
zu sein.**
Dit het gelyk of die pa deur die suster se woorde geïnspireer
was.
Und seine Gedanken schienen klarer als zuvor.
En sy gedagtes het duideliker gelyk as voorheen.
**Er hörte auf, mit dem Kopf zu nicken, und setzte sich wieder
aufrecht hin.**
Hy het opgehou om sy kop te knik en weer regop gesit.
**Und er spielte, in tiefes Nachdenken versunken, mit der
Mütze seines Dieners.**
En hy het met sy dienaar se pet gespeel, diep in gedagte.
Die Teller der Mieter standen noch auf dem Tisch.
Die borde van die huurders was steeds op die tafel.
**Und manchmal blickte er zu dem schweigenden Gregor
hinüber.**
En hy het soms na die stil Gregor gekyk.
**„Wir müssen versuchen, es loszuwerden", sagte die
Schwester zu ihm.**
"Ons moet probeer om daarvan ontslae te raak," het die suster
vir hom gesê.
**Die Mutter war zu sehr mit Husten beschäftigt, um
zuzuhören.**
Die moeder was te besig met hoes om te luister.
**„Das wird euch beide umbringen, ich sehe es schon
kommen."**
"Dit sal julle albei doodmaak, ek kan dit reeds sien kom."
**„Wir können nicht alle weiterhin so hart arbeiten wie
bisher."**
"Ons kan nie almal so hard aanhou werk soos ons doen nie."
**„Und jeden Tag müssen wir nach Hause kommen und diese
Qualen erleiden."**
"En elke dag moet ons huis toe kom na hierdie marteling."
**„Wir können das nicht mehr ertragen. Ich kann das nicht
mehr ertragen."**
"Ons kan dit nie meer verduur nie. Ek kan dit nie meer
verduur nie."

In einem letzten Tränenausbruch sank sie ihrer Mutter in die Arme.

Sy het in 'n laaste uitbarsting van trane voor haar ma neergeval.

Die Tränen rannen ihr über das Gesicht und auf das ihrer Mutter.

Die trane het oor haar gesig en op haar ma s'n gerol.

Und mit einer mechanischen Bewegung wischte sie sich die Tränen weg.

En sy het die trane in 'n meganiese beweging afgevee.

„Mein Kind", sagte der Vater mitfühlend.

"My kind," het die pa met 'n deernisvolle stem gesê.

In seiner Stimme lag tiefes Mitgefühl und Verständnis.

Daar was diep simpatie en begrip in sy stem.

„Aber was sollen wir tun?", gestand er und gab zu, es nicht zu wissen.

"Maar wat moet ons doen?" het hy erken dat hy nie weet nie.

Die Schwester zuckte nur hilflos mit den Schultern.

Die suster het net haar skouers in hulpeloosheid opgetrek.

Und ihr anfängliches Selbstvertrauen wich erneut Tränen.

En haar vroeëre selfvertroue is weer deur trane vervang.

„Wenn er uns doch nur verstehen würde", sagte der Vater laut.

"As hy ons maar net verstaan het," het die pa hardop gesê.

Und er fragte sich halb, ob Gregor es vielleicht verstanden hatte.

En hy het half gewonder of Gregor dit dalk verstaan het.

Die Schwester schüttelte unter Tränen heftig die Hand.

Die suster het net haar hand hewig geskud terwyl sy gehuil het.

Und so signalisierte sie, dass man diese Idee gar nicht erst in Erwägung ziehen sollte.

En so het sy aangedui dat daar nie aan die idee gedink moet word nie.

„Aber wenn er uns doch nur verstehen würde", wiederholte der Vater.

"Maar as hy ons net verstaan het," het die pa herhaal.

Er schloss die Augen und dachte über die Antwort seiner Schwester nach.

Deur sy oë toe te maak, het hy die suster se antwoord oorweeg.

"Wenn er verstünde, dass eine Vereinbarung mit ihm getroffen werden könnte."

"As hy verstaan het, kan 'n ooreenkoms met hom gesluit word."

„Aber unter den gegebenen Umständen…"

"Maar aangesien dinge is soos hulle is..."

„Es muss weg!", rief die Schwester, „es ist der einzige Weg."

"Dit moet gaan," het die suster uitgeroep, "dis die enigste manier."

„Du musst den Gedanken loswerden, dass es Gregor ist."

"Jy moet ontslae raak van die gedagte dat dit Gregor is."

„Dass wir das so lange geglaubt haben, ist unser eigentliches Unglück."

"Dat ons dit so lank geglo het, is ons ware ongeluk."

„Aber wie kann es Gregor sein?", fragte sie ihren Vater.

"Maar hoe kan dit Gregor wees?" het sy haar pa gevra.

„Er wusste, dass ein solches Tier nicht mit Menschen zusammenleben kann."

"Hy het geweet so 'n dier kan nie met mense saamleef nie."

„Gregor hätte uns schon längst freiwillig verlassen."

"Gregor sou ons lankal vrywillig verlaat het."

„Das stimmt, dann hätten wir keinen Bruder mehr."

"Dis waar, dan sou ons geen broer hê nie."

„Aber wir könnten weiterleben und sein Andenken ehren."

"Maar ons kan voortgaan om te leef en sy nagedagtenis te eer."

„Aber dieses Ungeheuer verfolgt uns und vertreibt unsere Pächter."

"Maar hierdie dier agtervolg ons en dryf ons huurders weg."

„Es will ganz offensichtlich die ganze Wohnung in Besitz nehmen."

"Dit wil klaarblyklik die hele woonstel oorneem."

„Dieses Biest will, dass wir auf der Straße schlafen."

"Hierdie dier wil ons in die straat laat slaap."

"Schau, Vater", rief sie plötzlich, "er bewegt sich schon wieder!"

"Kyk, pa," het sy skielik uitgeroep, "hy beweeg weer!"

Und sie tat etwas, das selbst Gregor nicht verstehen konnte.

En sy het iets gedoen wat selfs Gregor nie kon verstaan nie.

Sie stieß sich von sich selbst ab, als wolle sie die Mutter opfern.

Sy het haarself weggestoot, asof sy die moeder opoffer.

Und sie rannte hinter ihrem Vater her, um sich in Sicherheit zu bringen.

En sy het agter haar pa gehardloop vir 'n soort veiligheid.

Der Vater war nur deshalb so aufgebracht, weil seine Tochter es war.

Die pa was net ontsteld omdat sy dogter was.

Doch dann stand auch er auf und hob die Arme über sie.

Maar toe het hy ook opgestaan, en sy arms oor haar gelig.

Gregor hatte jedoch keinerlei Absicht gehabt, irgendjemanden zu erschrecken.

Maar Gregor het geen voorneme gehad om enigiemand bang te maak nie.

Er hatte insbesondere nicht die Absicht, seine Schwester zu erschrecken.

Hy het veral geen gedagtes gehad om sy suster bang te maak nie.

Er wollte sich gerade umdrehen und zurück in sein Zimmer gehen.

Hy het net probeer om terug te draai na sy kamer.

Doch in seinem sich verschlechternden Zustand war selbst das schwierig.

Maar in sy verslegtende toestand was selfs dit moeilik.

Und er konnte seine Beine nicht mehr vollumfänglich nutzen.

En hy het nie meer die volle gebruik van al sy bene gehad nie.

Also benutzte er seinen Kopf, um seinen Körper anzuheben und sich umzudrehen.

So het hy sy kop gebruik om sy lyf op te lig en homself te draai.

Er hielt inne und suchte in der Familie nach deren Zustimmung.

Hy het stilgehou en rondgekyk vir die familie se goedkeuring.

Seine guten Absichten schienen erkannt worden zu sein.

Sy goeie bedoeling blyk erken te gewees het.

Seine Bewegung hatte sie nur kurzzeitig erschreckt.

Sy beweging was slegs 'n oombliklike skok vir hulle.

Nun blickten sie ihn alle in unglücklichem Schweigen an.

Nou het hulle almal in ongelukkige stilte na hom gekyk.

Die Mutter lag noch immer erschöpft im Sessel.

Die ma het nog steeds uitgeput in die leunstoel gelê.

Vater und Schwester saßen nebeneinander.

Die pa en suster het langs mekaar gesit.

»Vielleicht lassen sie mich jetzt umdrehen«, dachte Gregor.

"Miskien sal hulle my nou laat omdraai," het Gregor gedink.

Und er setzte seine unbeholfene Drehbewegung fort.

En hy het voortgegaan om sy ongemaklike draaibeweging te maak.

Er konnte die gelegentlichen Atemzüge der Anstrengung nicht unterdrücken.

Hy kon die af en toe asemteue van inspanning nie onderdruk nie.

Und er war gezwungen, zwischendurch ein paar Mal Pausen einzulegen.

En hy was gedwing om 'n paar keer tussenin te rus.

Niemand drängte ihn jetzt zur Eile; es lag ganz bei ihm.

Niemand het hom nou laat jaag nie; dit was aan hom oorgelaat.

Schließlich vollendete er die langsame und schmerzhafte Drehung.

Uiteindelik het hy die stadige en pynlike draai voltooi.

Er machte sich sofort auf den Weg zurück in sein Zimmer.

Hy het dadelik begin om reguit terug na sy kamer te stap.

Er war erstaunt darüber, wie weit er von seinem Zimmer entfernt war.

Hy was verbaas oor hoe ver hy van sy kamer af was.

Wie war er trotz seiner Schwäche zuvor dorthin gelangt?

Hoe, ten spyte van sy swakheid, het hy voorheen daar gekom?

Er war fast denselben Weg gegangen, ohne es zu bemerken.

Hy het amper dieselfde pad gereis sonder om dit agter te kom.

Er konzentrierte sich jetzt nur noch darauf, so schnell wie möglich zu krabbeln.

Hy het net gekonsentreer om so vinnig as moontlik te kruip.

Das Ausbleiben von Kommentaren störte ihn nicht.

Die gebrek aan kommentaar van enigiemand het hom nie gepla nie.

Erst als er schon in der Tür war, drehte er den Kopf.

Eers toe hy reeds in die deur was, het hy sy kop gedraai.

Aber er konnte sich nicht vollständig umdrehen und zurückblicken.

Maar hy kon nie omdraai om heeltemal terug te kyk nie.

Denn er spürte, wie sich sein Nacken beim Umdrehen noch mehr versteifte.

Want hy het gevoel hoe sy nek nog styfder word toe hy omdraai.

Doch er sah, dass sich hinter ihm ohnehin nichts verändert hatte.

Maar hy het gesien dat niks agter hom in elk geval verander het nie.

Der einzige Unterschied war, dass seine Schwester aufgestanden war.

Die enigste verskil was dat sy suster opgestaan het.

Sein letzter Blick verriet ihm, dass seine Mutter eingeschlafen war.

Sy laaste blik het gewys dat sy ma aan die slaap geraak het.

Sobald er in seinem Zimmer war, wurde die Tür geschlossen.

Sodra hy in sy kamer was, is die deur toegemaak.

Und sobald die Tür geschlossen war, wurde der Schrank verriegelt.

En sodra die deur toegemaak is, is die wapen gesluit.

Gregor erschrak über das unerwartete Geräusch hinter ihm.

Gregor was bang vir die onverwagte geraas agter hom.

**Und vor lauter Überraschung knickten seine Beine unter
ihm ein.**

En sy bene het onder hom geknak van die skielike verbasing.

Es war seine Schwester, die hinter ihm zur Tür geeilt war.

Dit was die suster wat agter hom na die deur gehardloop het.

Sie stand bereits aufrecht da und wartete auf ihn.

Sy het reeds daar regop gestaan en vir hom gewag.

**Dann machte sie einen leichten Sprung nach vorn, ohne dass
Gregor es hörte.**

Sy het toe liggies vorentoe gespring sonder dat Gregor haar
hoor.

"Endlich!", rief sie laut, als sie den Schlüssel umdrehte.

"Uiteindelik!" roep sy hardop terwyl sy die sleutel draai.

„Was nun?", fragte sich Gregor, allein in der Dunkelheit.

"Wat nou," het Gregor homself gevra, alleen in die donker.

**Er merkte bald, dass er sich überhaupt nicht mehr bewegen
konnte.**

Hy het gou ontdek dat hy glad nie meer kon beweeg nie.

Doch seine Unbeweglichkeit überraschte ihn nicht wirklich.

Maar hy was nie regtig verbaas oor sy onbeweeglikheid nie.

**Sich auf so dünnen Beinen fortbewegen zu können, erschien
lächerlich.**

Om op sulke dun bene te kan beweeg, het belaglik gelyk.

Er wusste nicht, wie ihm das jemals gelungen war.

Hy het nie geweet hoe hy dit ooit kon doen nie.

Abgesehen davon fühlte er sich aber relativ wohl.

Maar afgesien daarvan het hy relatief gemaklik gevoel.

**Es stimmt, dass er am ganzen Körper tiefe Schmerzen
verspürte.**

Dit is waar dat hy diep pyn deur sy hele liggaam gevoel het.

Doch der Schmerz schien immer schwächer zu werden.

Maar die pyn het gelyk of dit al hoe swakker en swakker
geword het.

**Und er hatte das Gefühl, der Schmerz würde irgendwann
verschwinden.**

En hy het gevoel asof die pyn uiteindelik sou verdwyn.

Er spürte den faulen Apfel in seinem Rücken kaum noch.

Hy het skaars meer die vrot appel in sy rug gevoel.

Er dachte mit Rührung und Liebe an seine Familie zurück.

Hy het met emosie en liefde aan sy familie teruggedink.

Er spürte die Gefühle seiner Schwester noch stärker als sie selbst.

Hy het sy suster se emosies selfs meer gevoel as sy.

Sie hatte Recht mit dem, was sie gesagt hatte; er musste gehen.

Sy was reg met wat sy gesê het; hy moes weggaan.

Er verbrachte einige Zeit in diesem leeren und friedlichen Zustand.

Hy het 'n rukkie in hierdie leë en vreedsame toestand deurgebring.

Die Uhr schlug dreimal, leise, aber bestimmt.

Die klok het drie keer geslaan, saggies, maar ferm.

Gregor wurde sanft aus seinen Betrachtungen gerissen.

Gregor is saggies uit sy gedagtes getrek.

Er beobachtete, wie das Morgenlicht langsam in sein Zimmer drang.

Hy het gekyk hoe die oggendlig stadig sy kamer binnekom.

Dann sank sein Kopf völlig nach unten, ohne dass er es wollte.

Toe het sy kop heeltemal ineengesak, sonder sy wil.

Und sein letzter Atemzug entwich schwach aus seinen Nasenlöchern.

En sy laaste asem het swak uit sy neusgate gevloei.

Das Dienstmädchen kam früh am Morgen in sein Zimmer.

Die bediende het vroegoggend sy kamer binnegekom.

Bei ihrem üblichen kurzen Besuch fand sie nichts Ungewöhnliches vor.

Sy het niks ongewoons gevind tydens haar gewone kort besoek nie.

Aus Kraft und in Eile knallte sie alle Türen zu.

Uit krag en haastigheid het sy al die deure toegeslaan.

An ruhigen Schlaf war in der gesamten Wohnung nicht zu denken.

Geen rustige slaap was in die hele woonstel moontlik nie.
Sie war gebeten worden, dies morgens zu vermeiden.
Sy is gevra om dit nie in die oggend te doen nie.
Sie glaubte, er läge absichtlich so regungslos da.
Sy het gedink hy lê daar so bewegingloos met opset.
Vielleicht wollte er ihr zeigen, dass er beleidigt war.
Miskien wou hy haar wys dat hy aanstoot geneem het.
Sie vertraute darauf, dass er über alle Arten von Intelligenz verfügte.
Sy het hom vertrou dat hy allerhande intelligensie sou hê.
Sie hielt zufällig den langen Besen in der Hand.
Sy het toevallig die lang besem in haar hand gehou.
Also versuchte sie von der Tür aus, Gregor ein wenig zu kitzeln.
So, van die deur af, het sy probeer om Gregor 'n bietjie te kielie.
Sie war etwas verärgert darüber, dass er überhaupt nicht reagierte.
Sy was effens geïrriteerd dat hy glad nie gereageer het nie.
Deshalb stieß sie ihn diesmal etwas energischer an.
So het sy hom hierdie keer 'n bietjie stewiger gedruk.
Als er keinen Widerstand leistete, sah sie genauer hin.
Toe hy geen weerstand toon nie, het sy hom van nader bekyk.
Bald begriff sie, was Gregor wirklich zugestoßen war.
Sy het gou besef wat werklik met Gregor gebeur het.
Sie öffnete die Augen noch weiter und pfiff vor sich hin.
Sy het haar oë wyd oopgemaak en vir haarself gefluit.
Doch sie zögerte nicht lange, bevor sie die Tür öffnete.
Maar sy het nie veel tyd gemors voordat sy die deur oopgemaak het nie.
Und sie rief mit lauter Stimme in die Dunkelheit:
En sy het met 'n harde stem in die donkerte uitgeroep:
"Komm und sieh es dir an, da liegt es, völlig tot."
"Kom kyk gerus, daar lê dit, heeltemal dood."
Die beiden Eltern saßen aufrecht in ihrem Ehebett.
Die twee ouers het regop in hul huweliksbed gesit.
Zuerst mussten sie den Lärmschock überwinden.

Eers moes hulle die skok van die geraas oorkom.

Doch dann begannen sie langsam, ihre Botschaft zu verstehen.

Maar toe het hulle stadig maar seker haar boodskap begin begryp.

Herr und Frau Samsa sprangen jeweils von ihrer Seite des Bettes.

Mnr. en mev. Samsa het elkeen uit hul kant van die bed gespring.

Herr Samsa warf sich die dicke Decke über die Schultern.

Mnr. Samsa het die dik kombers oor sy skouers gegooi.

Und Frau Samsa kam nur im Nachthemd heraus.

En mev. Samsa het uitgekom in niks anders as haar nagrok nie.

Und so gelangten sie in Gregors Zimmer.

En so het hulle Gregor se kamer binnegekom.

Inzwischen hatte sich auch die Tür zum Wohnzimmer geöffnet.

Intussen het die deur na die sitkamer ook oopgegaan.

Grete hatte dort geschlafen, seit die Mieter eingezogen waren.

Grete het daar geslaap vandat die huurders ingetrek het.

Sie war vollständig angezogen, als hätte sie überhaupt nicht geschlafen.

Sy was volledig aangetrek asof sy glad nie geslaap het nie.

Ihr blasses Gesicht schien ebenfalls ihren Schlafmangel zu beweisen.

Haar bleek gesig het ook haar gebrek aan slaap bewys.

„Er ist tot?", fragte Frau Samsa und blickte die Magd an.

"Is hy dood?" vra mev. Samsa terwyl sy na die bediende kyk.

Das hätte sie selbst überprüfen können, indem sie ihn angesehen hätte.

Sy kon dit bevestig het deur self na hom te kyk.

„Ich glaube schon", sagte das Dienstmädchen und hob den Besen auf.

"Ek dink so," sê die bediende terwyl sy die besem optel.

Und sie schob seinen Körper ein langes Stück über den Boden.

En sy het sy liggaam 'n lang ent oor die vloer gestoot.

Frau Samsa machte eine Bewegung, als wolle sie sie aufhalten.

Mev. Samsa het 'n beweging gemaak asof sy haar wou keer.

Doch am Ende ließ sie das Dienstmädchen Gregor herumschieben.

Maar uiteindelik het sy die bediende Gregor rondskuif.

„Nun", sagte Herr Samsa, „endlich können wir Gott danken."

"Wel," sê mnr. Samsa, "uiteindelik kan ons God dank."

Er bekreuzigte sich; Kopf, Brust, Schultern.

Hy het die teken van die kruis gemaak; kop, bors, skouers.

Und die drei Frauen folgten seinem religiösen Beispiel.

En die drie vroue het sy godsdienstige voorbeeld gevolg.

Grete, die den Blick nicht von der Leiche abwandte, sagte:

Grete, wat nie haar oë van die lyk afgehaal het nie, het gesê;

„Seht nur, wie dünn er war! Er hat so lange nichts gegessen."

"Kyk hoe maer hy was, hy het so lanklaas geëet."

„Das Futter, das ich ihm jeden Morgen hinstellte, war immer unberührt."

"Die kos wat ek elke oggend vir hom gelos het, was altyd onaangeraak."

Tatsächlich war Gregors Körper völlig flach und trocken.

Trouens, Gregor se liggaam was heeltemal plat en droog.

Dies war nun, da er am Boden lag, deutlicher zu erkennen.

Dit was nou meer sigbaar noudat hy op die grond was.

Weil sein Körper nicht mehr von seinen Beinen hochgehalten wurde.

Omdat sy liggaam nie meer deur sy bene opgelig kon word nie.

Und weil es nichts anderes gab, was die Aussicht beeinträchtigte.

En omdat daar niks anders was wat die uitsig afgelei het nie.

„Komm doch für eine Weile mit uns herein, Grete", sagte Frau Samsa.

"Kom 'n rukkie saam met ons in, Grete," sê mev. Samsa.

Während sie sprach, lag ein gequältes Lächeln auf ihren Lippen.

Daar was 'n pynlike glimlag op haar lippe terwyl sy gepraat het.

Grete folgte ihnen, blickte aber auch immer wieder zurück auf die Leiche.

Grete het hulle gevolg, maar ook teruggekyk na die lyk.

Das Dienstmädchen schloss die Tür und öffnete das Fenster ganz.

Die bediende het die deur toegemaak en die venster heeltemal oopgemaak.

Es war noch früh, daher wäre die Luft normalerweise kalt.

Dit was nog vroeg, so die lug sou gewoonlik koud wees.

Doch in der kalten Luft lag auch ein Hauch von Wärme.

Maar daar was ook 'n mengsel van warmte in die koue lug.

Wie eine sanfte Erinnerung daran, dass es nun Ende März war.

Soos 'n sagte herinnering dat dit nou die einde van Maart was.

Die drei Mieter verließen nun ebenfalls ihr Zimmer.

Die drie huurders het nou ook uit hul kamer gestap.

Sie schauten sich staunend nach ihrem Frühstück um.

Hulle het verbaas rondgekyk vir hulle ontbyt.

Das Frühstück wurde vergessen, wegen dem, was das Dienstmädchen gefunden hatte.

Ontbyt is vergeet as gevolg van wat die bediende gevind het.

„Wo gibt es Frühstück?", grummelte der mittlere Herr.

"Waar is ontbyt?" het die middelste heer gemor.

Das Dienstmädchen legte den Finger an den Mund, um Ruhe zu gebieten.

Die bediende het haar vinger aan haar mond gesit om stilte te beveel.

Und sie winkte den Herren hastig und stumm zu.

En sy het haastig en stil vir die here gewaai.

Das Dienstmädchen geleitete die drei Herren in den Raum.

Die bediende het die drie here die kamer binne gelei.

Und sie erklärte ihnen weiterhin, was geschehen war.

En sy het aangehou om vir hulle te verduidelik wat gebeur het.

Und die drei Herren standen um Gregors Leichnam herum.

En die drie here het rondom Gregor se lyk gestaan.

Mit den Händen in den Taschen blickten sie nach unten.

Met hul hande in hul sakke het hulle afgekyk.

Das Morgenlicht hatte den Raum nun vollständig durchflutet.

Die oggendlig het die kamer nou heeltemal oorstroom.

Dann öffnete sich die Schlafzimmertür und Herr Samsa erschien.

Toe gaan die slaapkamerdeur oop en mnr. Samsa verskyn.

Auf der einen Seite saß seine Frau, auf der anderen seine Tochter.

Aan die een kant was sy vrou, en aan die ander kant sy dogter.

Herr Samsa trug inzwischen bereits seine Uniform.

Mnr. Samsa het teen hierdie tyd reeds sy uniform aangehad.

Man konnte sehen, dass sie alle ein bisschen geweint hatten.

'n Mens kon sien dat hulle almal 'n bietjie gehuil het.

Grete drückte ihr Gesicht an den Arm ihres Vaters.

Grete het haar gesig teen haar pa se arm gedruk.

„Verlassen Sie sofort meine Wohnung!", befahl Herr Samsa.

"Verlaat my woonstel onmiddellik!" het mnr. Samsa beveel.

Und er deutete auf die Tür, ohne die Frauen gehen zu lassen.

En hy het na die deur gewys sonder om die vroue te laat gaan.

„Was meinen Sie damit?", fragte der Mittelsmann verunsichert.

"Wat bedoel jy?" vra die middelman, ontsteld.

Und er gab sich alle Mühe, Herrn Samsa freundlich anzulächeln.

En hy het sy bes gedoen om soet vir mnr. Samsa te glimlag.

Die anderen beiden hielten ihre Hände hinter dem Rücken.

Die ander twee het hul hande agter hul rug gehou.

Und sie rieben sich erwartungsvoll die Hände.

En hulle het in afwagting hul hande teen mekaar gevryf.

Offenbar erwarteten sie einen lauten Streit.

Dit het gelyk of hulle verwag het dat daar 'n harde rusie sou wees.

Aber sie schienen sich auf die bevorstehende Auseinandersetzung zu freuen.

Maar hulle het gelyk of hulle bly was oor die komende argument.

Sie dachten, der Streit würde zu ihren Gunsten ausgehen.

Hulle het gedink die dispuut sou in hul guns wees.

„Ich meine genau das, was ich eben gesagt habe", antwortete Herr Samsa.

"Ek bedoel presies wat ek so pas gesê het," antwoord mnr. Samsa.

Er ging mit seinen beiden Begleitern in einer geraden Linie.

Hy het in 'n reguit lyn saam met sy twee metgeselle geloop.

Und Herr Samsa ging direkt auf ihren Anführer zu.

En mnr. Samsa het direk hul hoofheer genader.

Der Herr blieb zunächst stehen und blickte zu Boden.

Die heer het eers stilgestaan en na die grond gekyk.

Die Gedanken in seinem Kopf waren noch im Wandel.

Die inhoud van sy kop was steeds besig om homself te rangskik.

"Gut, dann gehen wir", sagte er und blickte zu Herrn Samsa auf.

"Goed, ons sal gaan," het hy gesê en na mnr. Samsa opgekyk.

Eine neue Demut schien ihn plötzlich ergriffen zu haben.

'n Nuwe nederigheid het hom skielik oorweldig.

Und er schien um Erlaubnis für diese Entscheidung zu bitten.

En dit het gelyk of hy toestemming vir hierdie besluit gevra het.

Herr Samsa öffnete die Augen weit und nickte leicht.

Mnr. Samsa het sy oë wyd oopgemaak en effens geknik.

Die Herren folgten seinem Befehl unverzüglich.

Die here het onmiddellik sy bevel nagekom.

Und sie machten tatsächlich große Schritte in den Flur hinein.

En hulle het eintlik lang treë in die gang gemaak.

Seine Freunde hatten bereits aufgehört, sich die Hände zu reiben.

Sy vriende het reeds opgehou om hulle hande te vryf.

Sie hatten mitgehört, wie das Gespräch verlaufen war.

Hulle het geluister hoe die gesprek verloop het.

Und nun rannten sie ihm nach, als ob sie Angst hätten.

En hulle het nou agter hom aan gehardloop, asof in vrees.

Es ist möglich, dass Herr Samsa sie immer noch von ihrem Anführer isoliert.

Mnr. Samsa mag hulle steeds van hul leier isoleer.

Sie zogen ihre Stöcke aus dem Stöckebehälter.

Hulle het hul stokke uit die stokkiehouer gehaal.

Und sie verbeugten sich schweigend, bevor sie die Wohnung verließen.

En hulle het stil gebuig voordat hulle die woonstel verlaat het.

Herr Samsa und die beiden Frauen traten aus dem Vorplatz.

Mnr. Samsa en die twee vroue het uit die voorhof gestap.

Aber eigentlich hatten sie keinen Grund, den Männern zu misstrauen.

Maar eintlik het hulle geen rede gehad om die mans te wantrou nie.

Sie lehnten sich ans Geländer, um zu überprüfen, ob sie weg waren.

Hulle het teen die reling geleun om te kyk of hulle weg was.

Die drei Herren kamen tatsächlich die Treppe herunter.

Die drie here was inderdaad besig om die trappe af te klim.

In einer bestimmten Kurve der Treppe verschwanden sie.

In 'n sekere draai van die trap het hulle verdwyn.

Und dann brachte die Treppe sie wieder in Sichtweite.

En toe het die trap hulle weer in sig gebring.

Dieses Erscheinen und Verschwinden wiederholte sich auf jeder Etage.

Hierdie verskyning en verdwyning herhaal hom op elke verdieping.

Doch schließlich waren sie fast am Ziel.

Maar uiteindelik het hulle amper tot onder gekom.

Je weiter sie gingen, desto uninteressanter wurden sie.

Hoe verder hulle gegaan het, hoe oninteressanter was hulle.

Alle kehrten erleichtert ins Haus zurück.

Almal het terug huis toe gegaan, asof verlig.

Sie beschlossen, den Tag zum Ausruhen und für einen Spaziergang zu nutzen.

Hulle het besluit om die dag te gebruik om te rus en te gaan stap.

Sie waren der Meinung, dass sie sich diese Auszeit von ihrer Arbeit verdient hatten.

Hulle het gevoel dat hulle hierdie blaaskans van hul werk verdien het.

Sie hatten diese Auszeit nicht nur verdient, sie brauchten sie auch.

Nie net het hulle hierdie blaaskans verdien nie, hulle het dit nodig gehad.

Sie setzten sich an den Tisch, um Entschuldigungsbriefe zu schreiben.

Hulle het aan tafel gaan sit om briewe van verskoning te skryf.

Herr Samsa verfasste seinen Entschuldigungsbrief an die Geschäftsleitung.

Mnr. Samsa het sy verskoningsbrief aan sy bestuur geskryf.

Frau Samsa schrieb ihren Entschuldigungsbrief an ihre Kunden.

Mev. Samsa het haar verskoningsbrief aan haar kliënte geskryf.

Und Grete schrieb ihren Entschuldigungsbrief an ihren Schulleiter.

En Grete het haar verskoningsbrief aan haar skoolhoof geskryf.

Während alle schrieben, kam das Dienstmädchen ins Zimmer.

Terwyl hulle almal besig was om te skryf, het die bediende die kamer binnegekom.

Ihre Arbeit am Vormittag war erledigt, also ging sie nach Hause.

Haar oggendwerk was klaar, so sy was op pad huis toe.

Die drei Schriftsteller nickten zunächst, ohne aufzusehen.

Die drie skrywers het eers geknik, sonder om op te kyk.

Das Dienstmädchen schien aber noch nicht gehen zu wollen.

Maar die bediende wou blykbaar nog nie heeltemal vertrek nie.

Sie wartete einen Moment, bis die drei Schriftsteller aufblickten.

Sy het 'n bietjie gewag, totdat die drie skrywers opgekyk het.

„Na?", fragte Herr Samsa verärgert, genau wie die anderen.

"Wel?" het mnr. Samsa gevra, kwaad, soos die ander was.

Das Dienstmädchen stand mit einem Lächeln im Gesicht in der Tür.

Die bediende het in die deuropening gestaan met 'n glimlag op haar gesig.

Sie erweckte den Eindruck, gute Neuigkeiten zu verkünden zu haben.

Sy het die indruk geskep dat sy goeie nuus het om te rapporteer.

Aber sie würde die Neuigkeit nicht preisgeben, solange sie nicht dazu aufgefordert würde.

Maar sy sou nie die nuus deel tensy sy gevra word nie.

Die aufrecht stehende Straußenfeder an ihrem Hut schwankte leicht.

Die regop volstruisveer op haar hoed het effens geswaai.

Diese Straußenfeder hatte Herrn Samsa schon immer geärgert.

Daardie volstruisveer het mnr. Samsa nog altyd geïrriteer.

„Also, was wollen Sie dann?", fragte Frau Samsa bestimmt.

"So, wat wil jy dan hê?" het mev. Samsa ferm gevra.

Das Dienstmädchen hatte nach wie vor großen Respekt vor Frau Samsa.

Die bediende het steeds baie respek vir mevrou Samsa gehad.

„Ja", antwortete sie und lachte freundlich auf.

"Ja," antwoord sy en bars in 'n vriendelike lag uit.

Einen Moment lang unterbrach sie ihr Lachen und sie verstummte.

Vir 'n oomblik het haar lag haar laat praat.

„Um das Ding nebenan brauchst du dir keine Sorgen zu machen."

"Jy hoef jou nie oor daardie ding langsaan te bekommer nie."

„Ich habe bereits dafür gesorgt, wie wir es loswerden."

"Ek het reeds gereël hoe ons daarvan ontslae gaan raak."

Frau Samsa und Grete schrieben ihre Briefe weiter.

Mev. Samsa en Grete het aangehou om hul briewe te skryf.

Herr Samsa bemerkte jedoch, dass das Dienstmädchen noch nicht fertig war.

Maar mnr. Samsa het opgemerk dat die bediende nog nie klaar was nie.

Nun wollte sie alles genauer beschreiben.

Nou wou sy alles in meer besonderhede beskryf.

Doch er streckte die Hand aus, um ihre Annäherungsversuche zurückzuweisen.

Maar hy het sy hand uitgesteek om haar pogings te verwerp.

Sie erkannte, dass sie an ihren Plänen kein Interesse hatten.

Sy het besef dat hulle nie in haar planne belangstel nie.

Und dann erinnerte sie sich an die große Eile, in der sie gewesen war.

En toe onthou sy die groot haas waarin sy was.

„Dann tschüss", sagte sie, sichtlich beleidigt über das mangelnde Interesse.

"Ciao dan," het sy gesê, beledig deur die gebrek aan belangstelling.

Bevor sie ging, knallte sie die Tür jedoch mit einem lauten Knall zu.

Maar voordat sy vertrek het, het sy die deur verskriklik hard toegeslaan.

„Sie wird heute Abend entlassen", sagte Herr Samsa.

"Sy sal in die aand afgedank word," het mnr. Samsa gesê.

Seine Frau und seine Tochter hatten jedoch keine Zeit, ihm zu antworten.

Maar sy vrou en dogter was te besig om hom te antwoord.

Weil das Dienstmädchen ihren gerade erst gewonnenen Frieden gestört hatte.

Omdat die diensmeisie hulle nuutgewonne vrede versteur het.

Die Mutter und die Tochter standen auf und gingen zum Fenster.

Die ma en die dogter het opgestaan om na die venster te gaan.

Und so blieben sie mit den Armen umeinander liegen.

En met hulle arms om mekaar het hulle daar gebly.

Herr Samsa drehte sich in seinem Stuhl um, um sie anzusehen.

Mnr. Samsa het in sy stoel omgedraai om na hulle te kyk.

Und eine Weile lang beobachtete er sie schweigend, wie sie dort standen.

En vir 'n rukkie het hy hulle stilweg dopgehou terwyl hulle daar staan.

Schließlich rief er ihnen zu: „Willst du zu mir kommen?"

Uiteindelik het hy na hulle geroep: "Sal julle na my toe kom?"

„Vergessen wir doch einfach all den alten Kram."

"Kom ons vergeet van al daardie ou goed, nè?"

"Komm her und schenk mir ein wenig deiner Aufmerksamkeit."

"Kom na my toe en gee my 'n bietjie van jou aandag."

Die beiden Frauen taten, wie er gesagt hatte, und eilten zu ihm hinüber.

Die twee vroue het gedoen soos hy gesê het, en na hom toe gehardloop.

Sie umarmten ihn herzlich und küssten ihn.

Hulle het hom 'n liefdevolle drukkie gegee en hom gesoen.

Sie kehrten schnell zurück, um ihre Briefe fertig zu schreiben.

Hulle het vinnig teruggekeer om hul briewe klaar te skryf.

Dann verließen alle drei gemeinsam die Wohnung.

Toe het al drie saam die woonstel verlaat.

Sie waren seit Monaten nicht mehr zusammen aus dem Haus gegangen.

Hulle het maande lank nie saam uit die huis gegaan nie.

Und sie fuhren mit der Straßenbahn an den Stadtrand.

En hulle het die tram na die buitewyke van die stad geneem.

Sie hatten den gesamten Waggon der Straßenbahn für sich allein.

Hulle het die hele wa van die tram vir hulself gehad.

Von draußen strömte Sonnenschein durch das Fenster.

Sonskyn het van buite deur die venster ingestroom.

Die Familie lehnte sich bequem in ihren Sitzen zurück.

Die gesin het gemaklik agteroor in hul sitplekke geleun.

Und sie besprachen die Aussichten für ihre Zukunft.

En hulle het die vooruitsigte vir hul toekoms bespreek.

Bei näherer Betrachtung waren ihre Aussichten gar nicht so schlecht.

By nadere ondersoek was hul vooruitsigte nie sleg nie.

Alle drei hatten Jobs mit dem Potenzial, mehr zu verdienen.

Al drie het werk gehad met die potensiaal om meer te verdien.

Sie hatten einander nie nach ihrer Arbeit gefragt.

Hulle het mekaar nooit oor hul werk uitgevra nie.

Doch nun hatten sie endlich Zeit, solche Dinge zu besprechen.

Maar nou het hulle uiteindelik tyd gehad om sulke dinge te bespreek.

Sie hatten auch die Möglichkeit, in eine kleinere Wohnung umzuziehen.

Hulle het ook die opsie gehad om na 'n kleiner woonstel te trek.

Dies hätte den größten Einfluss auf ihr Leben.

Dit sou die grootste impak op hul lewens hê.

Ihre jetzige Wohnung hatte Gregor ausgesucht.

Hul huidige woonstel is deur Gregor gekies.

Aber jetzt könnten sie in eine günstigere Gegend ziehen.

Maar nou kan hulle na 'n meer bekostigbare plek trek.

Eine kleinere Wohnung, aber eine praktischere.

'n Kleiner woonstel, maar iewers meer prakties.

Das Gespräch über die Zukunft machte Grete wieder lebendiger.

Om oor die toekoms te praat, het Grete weer meer lewendig gemaak.

Herr und Frau Samsa bemerkten auch andere Veränderungen an ihr.

Mnr. en mev. Samsa het ook ander veranderinge in haar opgemerk.

Ihre Wangen waren vor lauter Sorgen ganz blass geworden.

Haar wange het bleek geword van al haar bekommernisse.

Doch ihre Tochter entwickelte sich inzwischen zu einer feinen jungen Dame.

Maar nou het hul dogter in 'n pragtige dame ontwikkel.

Sie war mittlerweile wirklich eine wohlproportionierte und hübsche junge Frau.

Sy was nou werklik 'n welgeboude en fyn jong vrou.

Ihre Eltern wurden still und bewunderten ihre Tochter.

Haar ouers het stil geword en hul dogter bewonder.

Sie wechselten Blicke und kommunizierten unbewusst.

Hulle het na mekaar gekyk en onbewustelik gekommunikeer.

„Es wird bald an der Zeit sein, einen guten Mann für sie zu finden.“

"Dit sal binnekort tyd wees om 'n goeie man vir haar te vind."

Die Straßenbahn hatte ihr Ziel erreicht und bremste ab.

Die tram het sy bestemming bereik en stadiger geword.

Ihre Tochter schien ihre neuen Träume zu bestätigen.

Hul dogter het blykbaar hul nuwe drome bevestig.

Sie war die Erste, die aufstand und ihren jungen Körper streckte.

Sy was die eerste wat opgestaan en haar jong lyfie gestrek het.